Clássicos Juvenis TRÊS POR TRÊS

TRÊS VIAGENS

TRÊS VIAGENS

VIAGENS DE MARCO POLO
Marco Polo

A ILHA DO TESOURO
Robert Louis Stevenson

ALÉM DO GRANDE MAR
Marcia Kupstas

Atual Editora

1ª edição

COORDENAÇÃO MARCIA KUPSTAS

ILUSTRAÇÕES GUAZZELLI

Conforme a nova ortografia

Coleção Três por Três

Gerente editorial
Rogério Gastaldo

Editora-assistente
Andreia Pereira

Coordenação e produção editorial
Todotipo Editorial

Assistência editorial
Isadora Prospero

Revisão
Danilo Nikolaídis e Bárbara Prince

Pesquisa iconográfica
Cristina Akisino (coord.)

Gerente de arte
Nair de Medeiros Barbosa

Assistente de produção
Grace Alves

Diagramação
Bóris Fatigati

Coordenação eletrônica
Silvia Regina E. Almeida

Colaboradores

Projeto gráfico
Aeroestúdio

Ilustrações
Eloar Guazzelli

Coordenação
Marcia Kupstas

Suplemento de leitura e projeto de trabalho interdisciplinar
Anna Flora

Preparação de textos
Cláudia Cantarin

Impressão e acabamento
Bartira

Dados Internacionais de Catalogação na Publicação (CIP)
(Câmara Brasileira do Livro, SP, Brasil)

Três viagens / ilustrações Guazzelli. – 1. ed. – São Paulo : Atual, 2011. – (Coleção três por três : clássicos juvenis / coordenação Marcia Kupstas)

Conteúdo: A ilha do tesouro / Robert Louis Stevenson – Além do grande mar / Marcia Kupstas – Viagens de Marco Polo / Marco Polo.

ISBN 978-85-357-1419-7 (aluno)

1. Literatura infantojuvenil I. Stevenson, Robert Louis, 1850-1894. II. Kupstas, Marcia. III. Polo, Marco, 1254-1323?. IV. Guazzelli. V. Série.

11-07424 CDD-028.5

Índices para catálogo sistemático:
1. Literatura infantojuvenil 028.5
2. Literatura juvenil 028.5

4ª tiragem, 2017

SARAIVA Educação S.A.
Avenida das Nações Unidas, 7.221 – Pinheiros
CEP 05425-902 – São Paulo – SP
www.editorasaraiva.com.br

Tel.: (0xx11) 4003-3061
atendimento@aticascipione.com.br

CL: 810521
CAE: 576082

SUMÁRIO

Prefácio

TRÊS VIAGENS INAUGURAIS

Três autores, três épocas, três lugares... e um tema central reunindo três diferentes narrativas. Quantas semelhanças pode haver entre essas histórias, quantas são suas particularidades...

O que há em comum entre comerciantes italianos, piratas e *vikings*? Além de serem viajantes contumazes, em *Viagens de Marco Polo*, *A ilha do tesouro*, de Robert Louis Stevenson, e *Além do grande mar*, de minha autoria, esses personagens inauguram, de fato ou simbolicamente, sua trajetória no imaginário dos povos ocidentais.

Marco Polo não foi o primeiro ocidental a trilhar a Rota da Seda até o Oriente (há relatos de comerciantes gregos e romanos vários séculos antes dele), mas certamente foi quem melhor narrou as peripécias dos viajantes por esses lugares remotos. Em 1298, quando retornou de suas viagens, ele dividiu o cárcere em Gênova com o escritor Rusticiano de Pisa e fez dele seu confidente. Suas histórias são tão incríveis e maravilhosas que seu livro é alcunhado de *Il millione* [O milhão], tal a quantidade de valores extraordinários ali contidos. A primeira versão foi registrada numa língua híbrida franco-italiana; em 1315, a obra foi traduzida para o latim pelo frade Francisco Pipino e em seguida para diversos idiomas, seduzindo leitores por toda a Europa e "inaugurando" a ideia de um Oriente misterioso, rico e deslumbrante, o que abre caminho para os navegantes e descobridores do século seguinte.

Marco Polo não inaugurou o caminho do Oriente, mas o popularizou no imaginário dos europeus; esse também foi o caso de *A ilha do tesouro*, que não inventou os piratas, mas certamente divulgou a imagem clássica que temos deles até hoje: perna de pau e papagaio no ombro, beberrões e astutos, contando (e cantando) aventuras regadas a rum, saques e muito sangue... Assim Robert Louis Stevenson descreveu Long John Silver, o mais sagaz pirata que já navegou pelas páginas de ficção do mundo inteiro!

O livro, de 1883, refere-se a fatos do século XVIII, quando navios piratas podiam ser avistados na costa da Inglaterra. A estalagem Almirante Benbow recebe um estranho hóspede, que guarda um segredo. É um pirata que navegou com o terrível Flint e herdou dele um mapa do tesouro. Entre mil e uma peripécias, o garoto Jim Hawkins, narrador da história, torna-se guardião do mapa e colaborador de lorde Trelawney, que financia uma viagem até a ilha. A viagem é repleta de aventuras, com o doutor Livesey e o capitão Smollet esbanjando heroísmo a bordo do *Hispaniola*, enfrentando uma turba de piratas rebeldes, sob a liderança do arquetípico Long John Silver. *A ilha do tesouro* também tem a curiosa honra de inaugurar a tradição de um grande xis marcando o lugar do tesouro que se tornou, a partir daí, o estereótipo de todo mapa de tesouro.

Sobre os *drakkars*, não existem provas conclusivas, mas a maioria dos historiadores concorda que alguns alcançaram o litoral americano por volta do ano 1000, à altura do Canadá e do leste dos Estados Unidos. Apesar da famigerada imagem de crueldade e violência, hoje também se valoriza a capacidade comercial e colonizadora dos *vikings*, em lugares tão díspares como a Grã-Bretanha, a península Ibérica, a Normandia, a Sicília e mesmo a Rússia (supõe-se que eles atingiram o território russo por volta do século IX). Em *Além do grande mar*, a conquista do continente americano pelos *vikings* torna-se um fato confirmado, num registro simbólico e poético.

Entretanto, a coleção Três por Três pretende, além de aproximar essas narrativas em razão de seu assunto central, permitir que o leitor reconheça suas diferenças. O que une as histórias é o tema "viagem", acrescido do seu valor simbólico e lendário. Afinal, Marco Polo, seu pai e seu tio de fato viajaram por mais de vinte anos por todo o Oriente, e foram provavelmente os primeiro ocidentais a visitar Pequim; mas o quanto existe de exagero em *Il millione*? Até que ponto o leitor não busca o extraordinário, em tantas versões e traduções de *Aventuras de Marco Polo*, cuja edição fidedigna é difícil precisar? Entre os piratas da realidade (o capitão Flint de carne e osso foi efetivamente um sanguinário comandante) e os descritos por Robert Louis Stevenson, não preferimos invocar a clássica figura do pirata com perna de pau e papagaio, como Long John Silver de *A ilha do tesouro*? Não há dúvida de que os *vikings* existiram. Mas teriam chegado às Américas com tão grandiosa intenção, como a apresentada em *Além do grande mar*? Faça seu jogo, leitor! Entre a realidade e a lenda, é sempre mais cativante optar pela imaginação.

Afinal, a proposta inovadora desta coleção consiste na adaptação modernizada de textos antigos, de autores significativos da literatura universal, que dialogam com uma história de escritor brasileiro, também autor das adaptações. E seu desafio maior é seduzir o jovem leitor para que conheça o que já foi feito em outras épocas, sobre temas que, mesmo em nossos dias, continuam relevantes e desafiadores.

Boa leitura!

Marcia Kupstas

VIAGENS DE MARCO POLO
Marco Polo
Adaptação de Marcia Kupstas

MARCO POLO.

Nasceu em Veneza em 1254 e faleceu na mesma cidade em 1324. Não há muita certeza sobre seus dados pessoais, além dos que ele conta em Viagens*— e, mesmo nelas, não se pode precisar se vivenciou tudo o que narrava ou se incorporou os relatos de outros viajantes às peripécias.*

Supõe-se que Marco Polo nasceu na República de Veneza. Seu pai Niccòlo e seu tio Matteo partiram em longa viagem antes de seu nascimento. Quando estava com 15 anos, o pai e o tio retornaram do Oriente, ricos e prestigiados: vinham como embaixadores do Grande Khan da China, que desejava receber missionários católicos em suas terras.

As negociações com o Vaticano se estenderam, porque o papa Clemente IV faleceu e os cardeais demoraram para escolher o sucessor. Niccòlo decidiu não retardar mais a viagem para a China e resolveu levar o filho consigo. O novo papa, Gregório X, era amigo dos Polo e indicou alguns padres para a missão, mas infelizmente estes debandaram e o intercâmbio religioso fracassou.

Porém a rota de ida foi um sucesso! Em Viagens de Marco Polo *há uma meticulosa descrição das estradas e logradouros, relatos de povos e de seus costumes. É provável que os Polo tenham levado mais de dois anos para atingir o território do Khan.*

Kublai os recebeu como amigos; os Polo conviveram intimamente com a corte. O livro detalha os costumes, a grandeza e riqueza do império, além dos serviços que Marco prestou ao imperador, sobretudo como embaixador junto a povos recém-dominados. Em 1295 a família retornou a Veneza, depois de viajar quase 25 mil quilômetros. Vieram cobertos de glória e de riquezas!

No entanto, a riqueza mais perene foram as histórias que Marco dividiu com seus conterrâneos. Em 1295, mal retornara à península itálica, foi convocado a participar da guerra entre Veneza e Gênova. Comandou um navio, acabou preso e, na cadeia, conheceu Rusticiano de Pisa, que registrou as memórias famosas que incentivariam novos aventureiros a seguir para o Oriente e seduziriam a imaginação dos europeus em relação a outros continentes.

Na verdade, não importa se Marco Polo viveu mesmo tudo o que contou ou se desfrutou de tanto prestígio com o Khan ou se sua família voltou tão rica. O resultado é que seu nome se transformou em símbolo de viajante, o Oriente se mostrou um lugar palpável para conhecer e comercializar, e as futuras gerações puderam sonhar com mulheres morenas, vestidas de véus, homens de turbante, guerras travadas em lombo de elefantes e castelos tão grandiosos que suas dimensões só poderiam ser descritas em milhões! Ou em Il millione*...*

PARTE 1: A FAMÍLIA POLO E O ORIENTE

1
O INÍCIO DE TUDO

As aventuras de Marco Polo são tão extraordinárias que merecem começar como num conto de fadas:

ERA UMA VEZ uma família de comerciantes chamada Polo. Os irmãos Matteo e Niccòlo Polo eram cidadãos da República de Veneza, uma cidade aberta para o comércio oriental, verdadeiro entreposto de negociantes de todas as culturas. Por volta de 1260, venderam joias e propriedades italianas e investiram seus recursos no comércio do rio Volga, que na época era domínio mongol. Ficaram dez anos negociando na região. Aproximadamente em 1265 visitaram a capital do império, a cidade de Shang-tu, residência de verão do Grande Kublai Khan.

Os Polo falavam vários idiomas e expressavam-se bem na língua tártara. O Grande Khan fez amizade com eles e se interessou pela religião cristã. Pediu que os irmãos, ao retornarem a Veneza, solicitassem ao papa Clemente IV o envio de relíquias religiosas, além de missionários, que poderiam difundir o catolicismo em suas terras. Com um salvo-conduto do imperador, os Polo pegaram o rumo de Veneza.

As viagens na época eram demoradas e os irmãos enfrentaram muitas atribulações. Quando pisaram no solo veneziano, era o ano de 1269 e Niccòlo descobriu que estava viúvo, com um filho adolescente, Marco, para cuidar.

Marco era um rapaz inteligente, com facilidade para aprender idiomas. Estava ansioso para prosseguir na tradição familiar. Porém, para ele, as viagens não eram apenas oportunidades comerciais... sua alma curiosa ansiava por conhecer um novo mundo. Sua imaginação acendia-se com a possibilidade de ver pessoas originais, povos de cultura e hábitos diferentes, lugares exóticos lendários, bem além de sua real existência geográfica.

Matteo e Niccòlo pretendiam retornar rapidamente à corte do Grande Khan, mas enfrentaram mais e mais contratempos na Itália. Primeiro, o falecimento do papa Clemente IV e a demora na sua substituição, o que os impedia de entregar a mensagem de Kublai. Além disso, Veneza enfrentava conflitos políticos que dificultavam o comércio. Niccòlo resolveu levar o filho consigo e acelerar a partida, mesmo sem o encontro com o papa. Retornariam às terras do Khan e se explicariam como pudessem. Se o fracasso da missão resultasse na ira do monarca, esse era um risco que teriam de correr.

Por sorte, quando a família Polo desembarcou em Acri (Síria), recebeu um recado fortuito: seu amigo Teobaldo fora eleito papa, com o nome de Gregório X, e queria conversar com eles antes de empreenderem a grande viagem.

Gregório X se interessou bastante pelo relato de Niccòlo e Matteo. Indicou dois frades para a corte do Grande Khan e abençoou a missão. Infelizmente os religiosos tinham pouco espírito aventuroso. Mal o cortejo chegou à cidade seguinte, topou com um grupo de bandoleiros. Os frades, assustados, recusaram-se a prosseguir. Entregaram suas cartas e relíquias aos irmãos Polo e retornaram ao convento.

Esse é o prólogo da viagem. A seguir, Marco inicia sua descrição da longa jornada, que durou de 1271 a 1295, passando por terras da Arábia, do Império Mongol, da Índia e da Rússia.

2 A ARMÊNIA E A GEÓRGIA

NOSSA PRIMEIRA ESTADA foi na Armênia. Antigamente o povo era muito valoroso, hoje se encontra degenerado; diria que sua única virtude é a embriaguez. Na cidade de Laias fica um porto essencial para o comércio com o Ocidente. É dali que saem as especiarias do interior e chegam as mercadorias de Veneza e Gênova, seus panos de lã e tantas outras coisas.

A região é habitada por três povos: o turcomano, o armênio e o grego. Os turcomanos são gente simples, com um idioma meio feio e que adora Maomé. Habitam montanhas e vales e são ótimos criadores de cavalos. Os gregos e armênios residem nas cidades, dedicam-se ao comércio e às artes. Fabricam os mais famosos tapetes do mundo, com lindas cores. Todos são vassalos do Grande Khan.

A Armênia é uma província muito grande, possuidora de ótimos campos de pastagem. Durante o verão, os tártaros do Oriente trazem o gado para cá, mas os abandonam no inverno devido ao clima muito frio.

Na Armênia do Sul fica a cidade de Mosul (Mesopotâmia), também habitada por muitos povos. Os árabes e sarracenos são muçulmanos, outros adoram o cristianismo, mas não conforme a Igreja de Roma; são cristãos nestorianos e jacobitas e obedecem ao patriarca Jacolik, que pode consagrar bispos, arcebispos e abades para a Índia, Bagdá e Catai (China), a exemplo do papa.

É aqui que se encontra a Arca de Noé, sobre uma grande montanha. É também nessa província que existe uma fonte que jorra tanto óleo que nem cem navios carregados conseguiriam esgotá-la. Esse óleo não é comestível, serve para curar sarnas e doenças de pele. Também é excelente para queimar, em toda a região não se queima outra coisa.

A oeste a Armênia faz fronteira com a Geórgia. Os reis da Geórgia chamam-se sempre David Melic, que em nossa língua significa "Davi Rei". Diz-se que antigamente todos os reis dessa estirpe nasciam com um sinal semelhante a uma águia, debaixo do ombro direito.

Alexandre, o Grande, tentou conquistar essa região, mas não conseguiu, por causa da estreiteza das estradas, incrustadas entre paredões de montanha e despenhadeiros que dão para o mar. São caminhos tão apertados que só se pode viajar um cavaleiro atrás do outro e se estendem assim por quilômetros.

Como Alexandre não conseguiu seguir viagem, construiu aqui uma torre-fortaleza chamada Porta de Ferro. Em seu livro o conquistador explica como conseguiu encurralar os tártaros nas montanhas; mas não eram os tártaros de hoje, que não existiam, eram membros da tribo "cumani".

Aqui se localiza o convento de são Leonardo, em frente a uma montanha onde existe um lago, que tem o nome de mar de Geluchelan (mar Cáspio). Dizem que é um lago milagroso, que tem peixes apenas na Quaresma; aparecem em grande quantidade do primeiro dia até o sábado de Aleluia. No dia seguinte desaparecem por milagre e só voltam a aparecer na Quaresma seguinte. Fora dessa época, não há peixe algum nessas águas.

3
DUAS HISTÓRIAS DE BAGDÁ

BAGDÁ É UMA GRANDE CIDADE, sede do califa, líder de todos os sarracenos, assim como Roma é a sede do papa de todos os católicos. É a maior e mais desenvolvida da província, há panos de seda bordados que são lindíssimos, com detalhes em fios de ouro.

A cidade é atravessada por um rio grande e navegável, por onde transitam comerciantes e suas mercadorias. Levam-se dezoito dias para chegar de Bagdá ao mar.

Os califas conseguiram reunir enormes tesouros em pedras preciosas, ouro e prata. Conta-se que, em 1255, o irmão do Grande Khan, o tártaro Alau, tomou Bagdá com seu poderoso exército. Foi um feito memorável, porque mais de 100 mil homens defendiam a cidade. O cerco foi demorado e a população sofreu bastante.

Quando tomou o castelo, Alau admirou-se com a imensa riqueza do califa. Ordenou que o trouxessem à sua presença e perguntou:

— Por que você reuniu tanta fortuna? O que pretendia fazer com ela? Quando soube do avanço das minhas tropas, por que não dividiu sua riqueza com o seu povo, para que defendesse melhor a sua terra?

O califa não soube responder. Então Alau disse:

— Califa, já que ama tanto o seu tesouro, farte-se com ele.

Alau ordenou que o califa fosse preso na torre, sem comida e sem bebida, mas rodeado de ouro e pedras preciosas... O miserável não sobreviveu mais que quatro dias.

Anos depois ouvi outra história de um califa de Bagdá, que aqui dividirei com os que me leem.

Acredito que foi um milagre.

No ano de 1275 o então califa de Bagdá odiava os cristãos, o que é muito comum entre os sarracenos. Ele aceitou a sugestão de seus conselheiros e arquitetou um plano para justificar um massacre. Reuniu grande número de cristãos e falou:

— No seu livro sagrado há uma história que afirma que sua fé é capaz de mover montanhas, mesmo que essa fé seja diminuta como um grão de mostarda. É verdade?

Alguns cristãos, apavorados, murmuraram que sim, que conheciam a parábola bíblica. Um deles ainda tentou explicar que se tratava de uma narrativa moral, mas o califa, que tinha sede de sangue, ordenou:

— Quero que me provem a sua fé! Eu lhes dou dez dias para removerem aquela montanha — indicou a paisagem pela janela —, ou mandarei matá-los.

Aterrorizados, todos os cristãos, homens, mulheres, crianças, bispo, arcebispo e pessoas simples puseram-se a orar fervorosamente. Suplicaram que Deus lhes concedesse a graça e evitasse assim uma morte cruel. Na nona noite, um anjo surgiu para o bispo e lhe disse que os cristãos deveriam procurar um sapateiro e lhe pedir que removesse a montanha.

O sapateiro era um homem de grande devoção e liderou o maior número de cristãos em orações. No dia aprazado, 100 mil homens, mulheres e crianças estavam diante da montanha. O exército do califa cercava a multidão, pronto para a chacina, porque ninguém acreditava que a montanha iria sair do lugar.

Mas o milagre aconteceu. Os cristãos, de joelhos, desesperados, ouviram um rumor medonho... A terra tremeu... e tremeu ainda mais... Atônitos, cristãos, soldados e o califa viram a montanha desmoronar sob o terremoto!

Todos se converteram ao cristianismo. Quando o califa morreu, não foi enterrado junto a seus antepassados, mas em cemitério próprio, com uma cruz ao pescoço.

4
A PÉRSIA E OS TRÊS REIS MAGOS

EM TEMPOS REMOTOS, A Pérsia foi um reino poderoso. Hoje, é uma terra arruinada. Muita dessa ruína se deve aos tártaros, mas também ao caráter belicoso dos oito reinos que compõem esse Estado. Se não temessem o Grande Khan, é bem provável que esse povo se exterminasse sozinho...

Há produtos grandiosos na Pérsia. Cultivam-se cereais de toda espécie — cevada, milho, painço — algodão, frutas e se produz um excelente vinho. É um povo bonito e suas mulheres bordam admiravelmente, criam pássaros e animais em ouro, na seda e numa infinidade de outros panos caros.

Da cidade persa de Sabá saíram os três reis magos, Baltasar, Melchior e Gaspar, que adoraram o menino Jesus e aqui foram enterrados. Os moradores locais nos disseram que seus corpos permanecem intactos em antiquíssimos túmulos, mas não pudemos vê-los.

De Sabá seguimos para um castelo chamado Galasaca, que significa "castelo dos adoradores do fogo". Perguntei o motivo desse nome. Disseram que os moradores realmente adoram o fogo e me explicaram o fato com a seguinte história: quando os três reis magos chegaram à manjedoura de Jesus, o primeiro a entrar foi o mais jovem. Decepcionou-se com a criança, disse que era igual a todas as outras. Os outros reis também concordaram que Jesus nada tinha de especial, mas resolveram lhe dar os presentes mesmo assim. Jesus retribuiu apontando um cofrezinho, que os homens levaram consigo.

Na volta a seus reinos, os magos foram conferir o cofre e viram que ali havia uma pedra. Irritados, jogaram-na longe. Na verdade, a pedra significava que a fé desses homens deveria ser igualmente sólida. Como eles a desprezaram, no local onde a pedra caiu começou a jorrar fogo, como prova do poder divino.

Assombrados e arrependidos, os três reis magos pegaram um pouco daquele fogo e o levaram para uma de suas igrejas, onde continua aceso e é adorado como prova da força de Deus. É por isso que em Galasaca se adora o fogo.

O próximo reino persa a ser visitado foi Crema, que tem montanhas onde se criam os melhores falcões caçadores do mundo. Dessas montanhas se extraem o minério de ferro e a turquesa, linda pedra preciosa. As escarpas são repletas de castelos e antigos casarões.

Ao descer a montanha, chega-se a uma planície que conduz à cidade de Camadi. As frutas nativas do lugar são tâmaras, romãs e pistaches. As cidades vizinhas são todas muradas devido ao grande perigo das tribos assaltantes, os súditos do rei Nogodar.

Esses ladrões conhecem tanto as artes mágicas que conseguem escurecer o dia! Quando assaltam um lugar, fazem descer a escuridão por sete longos dias e cometem os saques. Matam os velhos e escravizam os jovens, dificilmente se salva um homem ou animal. Eu, Marco Polo, meu pai e meu tio escapamos por pouco de um ataque. Se não usássemos da prudência e nos refugiássemos no castelo de Canosalmi, a esta altura estaríamos fazendo companhia aos colegas presos ou assassinados.

Depois de muitos dias de viagem, deixa-se a planície e se chega à beira-mar, na cidade de Hormuz, capital da província. O seu porto é movimentado, de onde saem muitos navios para a Índia, carregados de especiarias e tecidos de ouro e de onde desembarcam elefantes e uma infinidade de mercadorias, que se espalham pelo mundo. O rei se chama Ruemedan Acomat e, se um mercador tem a desventura de morrer ali, o rei toma para si todo o estoque de mercadorias.

A bebida local é um vinho de tâmaras muito popular, o povo lhe apregoa virtudes fortificantes. Os desacostumados com ela, contudo, acharam-na parecida com um purgante.

O povo não se alimenta como nós. Aliás, dizem que se comessem carne e trigo logo adoeceriam. Comem peixe salgado, tâmaras e demais coisas grosseiras.

O calor daqui é abrasador, com terríveis ventanias que saem do deserto, carregadas de areia. Depois de março, devido a esse clima, não se encontra sequer um fio verde no chão. A exceção é a tamareira, que se ergue impávida. O calor vai até meados de maio.

Prosseguimos viagem pelo deserto, numa região tão árida que facilmente se morre de sede ou fome, caso o viajante não leve todas as provisões. As poucas fontes são salobras, com uma água verde e amarga. Mesmo assim, os animais de carga a bebem, mas passam mal.

A última grande cidade da região é Gobiam (Khebis), antigo centro de mineração, com muitos veios de zinco, ferro e chumbo. Depois, uma imensa região árida, onde existe apenas uma árvore, que os cristãos conhecem como "Árvore Seca".

Sua descrição: é grande, grossa, com folhas de um lado verdes e do outro, brancas. Seus frutos parecem ouriços, mas são ocos. A madeira é amarela e dura feito pedra. É isolada de tudo. Dizem que foi o local da batalha entre Alexandre e Dario.

Só ao chegarmos à província de Milice é que pudemos encontrar algum alívio.

5
O VELHO DA MONTANHA

MILICE FOI HABITADA NO PASSADO pelo Velho da Montanha. Aqui ouvi a seguinte história: no idioma local o nome do Velho era Aloodyn. Entre duas montanhas ele mandou construir um belíssimo jardim, no qual plantou todo tipo de árvore frutífera. Ergueu magníficos palácios e criou animais e aves. Fez um engenhoso encanamento por onde jorravam água, mel e vinho. Povoou o castelo com as mais formosas bailarinas e cantoras. Dizia ser um fiel cumpridor da profecia de Maomé ao criar o Jardim do Éden, pois o Paraíso era um lugar para desfrutar lindas mulheres e viver de mel, leite e vinho. O castelo da entrada era tão fortificado que uma invasão parecia impossível.

Os sarracenos da região acreditavam que o Velho realmente criara o Paraíso, mas só era aceito na corte aquele que era por ele transformado em assassino.

Aloodyn mandava raptar adolescentes, rapazinhos de doze anos, em grupos de quatro até vinte. Ele os sedava com ópio: os meninos ficavam inconscientes por três dias e, ao acordarem, deparavam com aquelas maravilhas, julgando-se no Paraíso, e não queriam mais sair de lá.

Mas esse era o início do teste. O Velho escolhia um jovem, dava-lhe uma beberagem de ópio e o tirava do jardim. Quando o rapaz acordava e se via em lugar tão diferente daquele a que se acostumara, ficava triste. Procurava o Velho e prometia qualquer coisa para "voltar ao Paraíso". Era o súdito mais leal. Quando o Velho queria se desfazer de algum inimigo, enviava um desses rapazes como assassino. E, se a tarefa não fosse cumprida, o jovem jamais voltaria.

Seus súditos obedeciam, para conseguir o Paraíso de volta. E se por acaso fossem presos, pareciam não se incomodar com um destino fatal, pois estavam certos de retornar ao já conhecido Jardim do Éden.

O poder do Velho se tornou imenso, ninguém estava a salvo de sua vingança. Muitos reis o temiam e lhe pagavam tributos.

Isso durou até o ano de 1277, quando Alau, senhor dos tártaros do Oriente, decidiu acabar com esse abuso. Montou um cerco ao Jardim do Éden que durou três anos. O Paraíso se rendeu de fome. O Velho foi morto e ninguém mais inventou o Paraíso.

6 MUITOS LUGARES NO DESERTO

DEPOIS QUE DEIXAMOS O CASTELO do Velho, pegamos vasta região desértica. Levam-se muitos dias para ir de um lugar a outro, sob sol inclemente. O viajante tem de ser cauteloso e prover-se de água e comida, sob o risco de perecer.

Na cidade de Sapurgan (chamada hoje Scibargan) há o plantio de melões, que são os melhores do mundo. Os habitantes costumam secá-los e cortá-los em fatias finas, que se tornam doces como o mel. São muito famosos e exportados para todas as regiões.

Balac (Balkh, cidade famosa em toda a Ásia) foi nossa parada seguinte. Dizem os moradores que foi aqui que Alexandre se casou com a filha de Dario. Era o limite nordeste do reino persa e também o é para os tártaros.

Na região fica o castelo de Taycaz, usado hoje para a estocagem de cereais. Vizinhas ao castelo ficam as minas de sal, um produto tão abundante que poderia abastecer o mundo por séculos. O sal é muito duro, tem de ser arrancado da terra com picaretas.

O povo de toda a região é maometano. Usa turbantes: longa corda de pano, de dez palmos de comprimento, enrolada nas cabeças.

Em Balascam (Badakscian, no Tarquistão) existem fabulosos rubis e pedras lazúlis. Já foi um reino poderoso, a estirpe descende de Alexandre e da filha de Dario. Os reis adotam o título de "Zulcarney", que em sarraceno significa Alexandre.

Uma curiosidade do local é que as mulheres, tanto gordas como magras, usam calças de tecido. São amplas, feitas com linho finíssimo, de modo a aumentar os quadris femininos, o que lhes realça a beleza, porque os homens as preferem gordas.

Passamos por regiões em que se adoram ídolos. O povo de Bastian (Balascan, no Tacaristão) pratica feitiçaria e é cruel. Usa aros de ouro e prata com pedras preciosas nas orelhas.

Em Chemisun (Caxemira) o povo não só é idólatra como adora o diabo. Com suas feitiçarias fazem os ídolos falarem, mudam o tempo, escurecem o dia... Ouvi histórias de estarrecer qualquer cristão. Daqui pode-se chegar ao mar da Índia, mas deixarei essa região para comentar depois.

7
O MILAGRE DE SAMARCA E TERRAS DA TURQUIA

SAMARCA É UMA NOBRE CIDADE, dividida entre cristãos e sarracenos. Está sob domínio tártaro. Aqui ocorreu um milagre.

Gigatta, irmão do Grande Khan e senhor da região, converteu-se ao cristianismo. Os cristãos da terra se alegraram e quiseram erguer em agradecimento uma igreja em honra a são João Batista. Tiraram uma pedra muito bonita dos muçulmanos e a usaram como base da colina-mestra do monumento.

Porém, Gigatta morreu e o infeliz acontecimento irritou os sarracenos, que atribuíram a morte ao uso de sua pedra pelos cristãos. Poderiam tê-la retomado à força, pois eram mais numerosos, mas resolveram negociar. A situação estava tensa e o Grande Khan interviu, exigindo que os cristãos devolvessem a pedra.

Qual não foi a surpresa dos operários quando afastaram a argamassa e descobriram que a coluna se erguia a quatro palmos do chão! A coluna, por vontade de Nosso Senhor, não se apoiava na pedra.

Esse milagre ainda perdura. A pedra não foi retirada e o local é adorado como milagroso.

Prosseguimos viagem em terras do Khan: a seis dias de caminhada fica Carcam, depois Cotam, uma região das mais agradáveis, com muitos povoados e castelos. O povo é pacífico e tem lindos jardins.

Em Peym, a população é maometana e tem um curioso costume: quando, por motivo de viagem, o marido se afasta do lar por vinte dias, é permitido que a mulher tome outro homem. O mesmo acontece com o marido distante, que pode amasiar-se com outra.

Lop é a grande cidade no limite com o deserto. É aqui que os viajantes descansam e se abastecem antes de cruzarem o deserto, travessia que chega a durar um mês. Isso para quem conhece os caminhos, porque há caravanas que levaram um ano para cruzá-lo! Nada existe de comestível, mas se encontra água a cada dois ou três dias, infelizmente salobra. Em cada quatro ou cinco paradas é possível achar água potável e isso facilita a travessia.

Não há animais nem pássaros nessa região inóspita porque não há o que comer. Aqui também ocorre um fenômeno que muito desgraçou os viajantes distraídos: os estranhos sons noturnos. Se um cavaleiro está sozinho no deserto, à noite, ouve espíritos como se fossem seus companheiros: às vezes, chamam por seu nome. Com isso o infeliz se afasta mais da tropa e se perde. É preciso andar bem agrupado e ficar em constante vigilância para não ser enfeitiçado pelo deserto.

8
EM TERRAS DA MONGÓLIA

NA SAÍDA DO DESERTO se encontra a cidade de Sachion (Tun-huang), dividida entre cristãos nestorianos, muçulmanos e povos idólatras, que falam um idioma particular. São camponeses e cultivam muitos cereais.

Esse povo ergue inúmeros templos onde faz sacrifícios a seus deuses. Todos os pais criam um carneiro e, no dia de ano-novo, levam-no ao altar, acompanhados dos filhos, porque a cerimônia é feita para proteção da prole. Soltam o animal e depois o perseguem. Afinal, ao cabo de inúmeras orações, completam o sacrifício e esquartejam o carneiro. Deixam uma parte da carne no altar e carregam o restante para suas casas, convidando familiares e amigos para um banquete. Os ossos são guardados em caixas bem fechadas.

Todos os idólatras incineram seus mortos, e isso é feito em uma grande cerimônia fúnebre. Um cortejo leva o corpo até a pira, parando seguidamente no caminho, onde os parentes do defunto construíram capelinhas cobertas de panos bordados a ouro. A cada parada tem-se uma refeição com vinho e alimentos; eles fazem isso para proporcionar ao morto uma vida abundante no outro mundo. Na pira são colocadas figuras de papelão, representando homens, camelos, cavalos, dinheiro. Tudo isso é queimado junto ao corpo para que o morto, na outra vida, possua aquilo tudo. Enquanto o corpo queima, tocam-se os instrumentos musicais da região.

Além disso, quando a pessoa morre, a família encomenda uma previsão aos astrólogos, que informam a data adequada para a cremação. Às vezes acontece de a família reter o corpo por quinze dias ou mais. Guardam o defunto com muito açafrão e especiarias, em um caixão grosso, hermeticamente fechado, para não exalar mau cheiro. Os adivinhos também recomendam que o cortejo nunca saia pela porta da frente da casa. Os parentes têm de retirar o corpo por outro lugar e às vezes até quebram paredes. Todos os idólatras do mundo seguem esse rito.

Além dessa região, fica Camul (a oeste do monte Tien-scian), que já foi um reino poderoso, com muitos castelos e cidades. Os habitantes também são idólatras, mas um povo feliz, que adora cantar, tocar e dançar. Como a terra é fértil, há muitas frutas, com as quais fazem deliciosas bebidas.

Se um estrangeiro pede pousada, os habitantes de Camul se alegram em recebê-lo. Pedem que suas mulheres os atendam em tudo. O marido até se afasta do lar por dois ou três dias, para que o forasteiro fique à vontade com sua esposa. Eles não sentem vergonha com essa prática, todos agem assim.

As mulheres são lindas, brincalhonas e gostam muito desse costume. Contudo, Mogui-Khan, senhor dos tártaros, quando soube disso, baixou uma proibição, achando que os homens da terra prostituíam suas mulheres com os estrangeiros.

Quando as nativas de Camul receberam a ordem, reuniram um conselho e mandaram um grande presente ao imperador. Mogui-Khan atendeu a representante dessas mulheres, uma senhora encorpada e ainda bonita, que falou:

— Grande Khan, imploramos que nos deixe seguir a tradição! Nosso povo é alegre e bem alimentado, os deuses nos protegem e nos trazem fartura porque conhecem nossa generosidade com os estrangeiros. Esse é um hábito que vem dos antigos e sempre fomos felizes em segui-lo.

Mal-humorado, o Khan acabou cedendo:

— Se as próprias esposas desejam a desonra e a vergonha, que assim seja. É por isso que ainda hoje encontramos essa prática na região de Camul.

9
COMO GÊNGIS SE TORNOU O PRIMEIRO KHAN

UMA PRÁTICA COMUM entre os tártaros é elegerem o rei dentre os homens mais valorosos. Foi assim no ano de 1187, em que Gêngis foi aclamado rei de todos os tártaros, por ser sábio e justo.

Em poucos anos, Gêngis dominou oito províncias, mas era um conquistador magnânimo, impedia o saque e não maltratava os habitantes, levando-os consigo para novas conquistas. Ambicionava o poder em todo o Oriente e resolveu se aliar ao Preste João[1]). Em 1200, enviou-lhe mensageiros, pedindo sua filha em casamento.

Preste João reagiu com fúria indignada:

— Como ele se atreve? — esbravejou o rei contra os emissários. — Ele é meu vassalo! Voltem e lhe digam que prefiro queimar minha filha a lhe dar tal esposo! Deste dia em diante eu o considero um traidor, está condenado à morte!

Os mensageiros voltaram e contaram ao Khan as palavras do Preste. Gêngis ouviu a ofensa e revidou com outra ameaça:

— Vou invadir o seu reino e quero ver quem condena quem à morte!

Ambos eram líderes poderosos e se dizia até que blefavam um com o outro; era difícil prever o resultado de uma guerra entre eles. Mas Gêngis não blefava. Reuniu um exército poderosíssimo e avançou até a fronteira das terras do Preste João. Acampou na planície de Tanduc e aguardou o próximo movimento de seu oponente.

Parecia um jogo de xadrez armado com gente em vez de peças. Preste João moveu seu exército para dez milhas de distância e esperou. A situação permaneceu estável por um bom tempo, até o dia em que Gêngis chamou seus astrólogos cristãos e pediu que previssem o desfecho da batalha, caso ocorresse. Os adivinhos solicitaram uma vara e a cortaram de comprido; colocaram numa metade o nome do Khan e fizeram o mesmo com a outra metade, com o nome de Preste. Disseram: "A vara que ficar em cima da

---

[1] Preste João foi um soberano cristão do Oriente, com funções de rei e patriarca. O título corresponderia ao de imperador da Etiópia, e seu reino reunia a Abissínia e setores cristãos nestorianos da Ásia Central.

outra indicará o vencedor". Eles oraram muito e jogaram sal sobre as varas. Os cortesãos viram magicamente a vara com o nome de Gêngis sobrepor-se à outra, e o Khan não teve dúvida: ordenou o ataque.

Foi uma das mais violentas batalhas dessa região do mundo. Houve perdas enormes de ambos os lados, mas Gêngis Khan venceu e Preste João morreu.

Gêngis governou aquelas terras durante seis anos, ao fim dos quais morreu, por motivo banal: feriu-se no joelho e a ferida infeccionada o levou à morte, que foi pranteada por todos os tártaros e mesmo pelos povos conquistados, porque era um governante justo e generoso.

Na linha de sucessão, depois de Gêngis veio Ci-Khan; o terceiro foi Batuy, o quarto Alcon, o quinto Mogui, e estamos no sexto governo, o de Kublai, mais poderoso que todos os outros, tendo alcançado o título de Grande Khan ou Kublai.

10 ALGUNS HÁBITOS DOS TÁRTAROS

TODOS OS REIS MONGÓIS estão sepultados na montanha Altai, mesmo os que faleceram em outras províncias. Mogui-Khan foi transportado de uma distância de quarenta dias de viagem. Todas as pessoas encontradas no caminho foram mortas com a seguinte recomendação: "Siga com nosso soberano para o outro mundo". Essa prática se fundamenta na crença de que os reis terão no Além a companhia dos seres que os acompanharam na morte e para isso se sacrificam belos cavalos, servos e formosas mulheres. Na ocasião da morte de Mogui-Khan, estima-se que foram assassinadas mais de 20 mil pessoas.

Os tártaros são idólatras e seu deus principal é Natigai, protetor da família, do gado e dos cereais. Todas as moradias tártaras, sejam castelos ou cabanas, têm uma representação de Natigai, sua esposa e filhos, feitos de pano ou feltro e guardados em uma espécie de relicário. Os moradores lhes fazem reverências antes das refeições. Costumam tirar um naco da gordura da carne e esfregar na boca do deus ou jogar um pouco da sopa no altar. Dizem que assim as divindades trarão fartura em futuras refeições.

Os tártaros são nômades, moram nas planícies no inverno e escolhem locais mais frescos no verão, junto à pastagem para os animais. As casas são de madeira, cobertas com feltro. São redondas e desmontáveis, com varas de fixação que facilitam o transporte. As portas de entrada, de feltro preto, sempre se voltam para o sul. As carroças são puxadas por bois e cavalos e nelas viajam mulheres e crianças. São as mulheres que compram e vendem e fazem tudo de que seus maridos necessitam, porque os homens só se dedicam a caçar e guerrear.

O homem tem quantas esposas quiser, desde que possa sustentá-las. Há tártaros com mais de cem esposas! Contudo, o primeiro casamento é considerado o mais verdadeiro. É o noivo quem dá o dote para a sogra.

Para os tártaros, é uma grande ofensa desejar a mulher do próximo. As mulheres são bonitas, respeitam e honram seus maridos. É comum o casamento entre primos ou do homem com qualquer outra mulher da família, exceto a própria mãe. Quando um irmão casado morre, outro irmão casa com a cunhada viúva. As festas de casamento são numerosas e fartas.

Come-se muita carne de boi, jumento, cachorro, caça de toda espécie. Os tártaros gostam de frutas e bebem leite de jumenta, com o qual produzem uma bebida parecida com vinho branco, chamada *kumis*. É bem saborosa.

De modo geral, o povo é sóbrio, mas as vestes dos mais privilegiados podem ser tecidas em seda e bordadas a ouro. Usam também peles de urso, arminho, raposa... E tanto homens como mulheres gostam de joias.

É um povo belicoso. Eles são tão bem organizados que, num exército de 100 mil cavaleiros, cada mil têm um chefe; cada 10 mil têm outro; de modo que basta ao rei falar com dez homens para que seus 100 mil combatentes estejam a postos. Quando avança por montes e vales, o exército mantém uma tropa adiantada para investigar o caminho. O leite é transportado em pipas de couro ou em pó, uma massa que dissolvem na água. Carregam um caldeirão para cozinhar a carne e uma pequena tenda para se abrigarem da chuva.

No mais, os cavalos pastam livremente e os soldados acostumam-se com pouco: se for necessário, um guerreiro pode ficar até um mês alimentando-se apenas de leite de jumenta e de carne de caça. E, se for ainda mais necessário, podem cavalgar dez dias alimentando-se apenas com o sangue dos seus cavalos, que sugam diretamente da veia do animal.

Usam brilhantes táticas de avanço e recuo em suas batalhas. Mesmo recuando, são capazes de lançar flechas certeiras nos inimigos. Seus cavalos também são habilidosos e se fingem de mortos. O inimigo vê o campo de batalha coalhado de corpos e avança. De repente, cavalos e cavaleiros "despertam para a vida" e caem sobre eles! Desse modo os tártaros já venceram muitas batalhas.

A justiça dos tártaros pune o roubo com rigor. Se alguém furta uma pequena coisa, recebe de sete até cem chibatadas, mas, se a pessoa se dispuser a ressarcir o prejuízo, pode fazê-lo desde que corresponda a um valor nove vezes maior. Crimes mais graves, como rapto de pessoa ou animal, são punidos com a morte pela espada.

Para concluir, relatarei um dos mais pitorescos costumes tártaros: o casamento de crianças mortas. Exemplifiquemos: um pai perdeu um filho pequeno. Na época em que ele teria idade para casar, o pai procura uma família que tenha igualmente uma menina morta, de idade compatível. As famílias acertam os detalhes por escrito e depois queimam o papel. Ordenam que o papel se dirija ao Outro Mundo, onde estão seus filhos, e que eles se recebam como marido e mulher. Celebram esse matrimônio numa grande festa regada a muita bebida. Pintam, ainda, todos os objetos que possam parecer bonitos aos "casados": joias, cavalos, utensílios do lar, roupas etc. e os queimam também. Após a cerimônia as famílias se consideram parentes, como se os filhos estivessem vivos.

11
O REINO DE ARGUIL E A PROVÍNCIA DE TENDUC

O REINO DE ARGUIL é feudo do Grande Khan e conta com a maioria da população idólatra, mais uns poucos muçulmanos e cristãos nestorianos. É a região do almíscar, que nomeia um perfume famoso e também o animal que o produz.

O almíscar é um bichinho do tamanho de um gato, com uma pele grossa semelhante à do veado e com três dedos compridos e finos. É um bicho bonito. Entre a pele da barriga e o umbigo há uma bolsa, de onde se extrai a essência almiscareira.

Boa parte dos habitantes da região é de artistas, comerciantes e criadores de faisões, que são maiores do que os nossos. Há muita gente gorda, eles têm cabelos escuros e o corpo liso de pelos. As mulheres não têm pelo algum no corpo, a não ser cabelo na cabeça. São benfeitas de corpo, de tez alva e macia. São sedutoras e provocantes. Um homem pode ter quantas mulheres puder sustentar. Se uma moça é especialmente bonita mas é pobre, pode conseguir um marido rico e dar o dote para sua mãe.

Saindo de Arguil rumo ao leste, depois de oito dias chega-se a Egrigaia, região repleta de cidades e castelos. A cidade principal é Calatia, que tem três igrejas cristãs.

Ainda mais a leste fica a província de Tenduc, cuja capital, de mesmo nome, é a sede do soberano Jorge, descendente de Preste João, que foi derrotado por Gêngis Khan. Essa casa real hoje faz parte da família real tártara, pois duas filhas de Gêngis se casaram com herdeiros de Preste João.

Os moradores são os de pele mais clara que encontrei, talvez por des-

VIAGEM
VENEZA
LAIAS
MILICE
SABBA
ACRI
BAGDÁ
CREMA
ARÁBIA
ÁFRICA
N
NE
E
SE
S
SO
O
NO

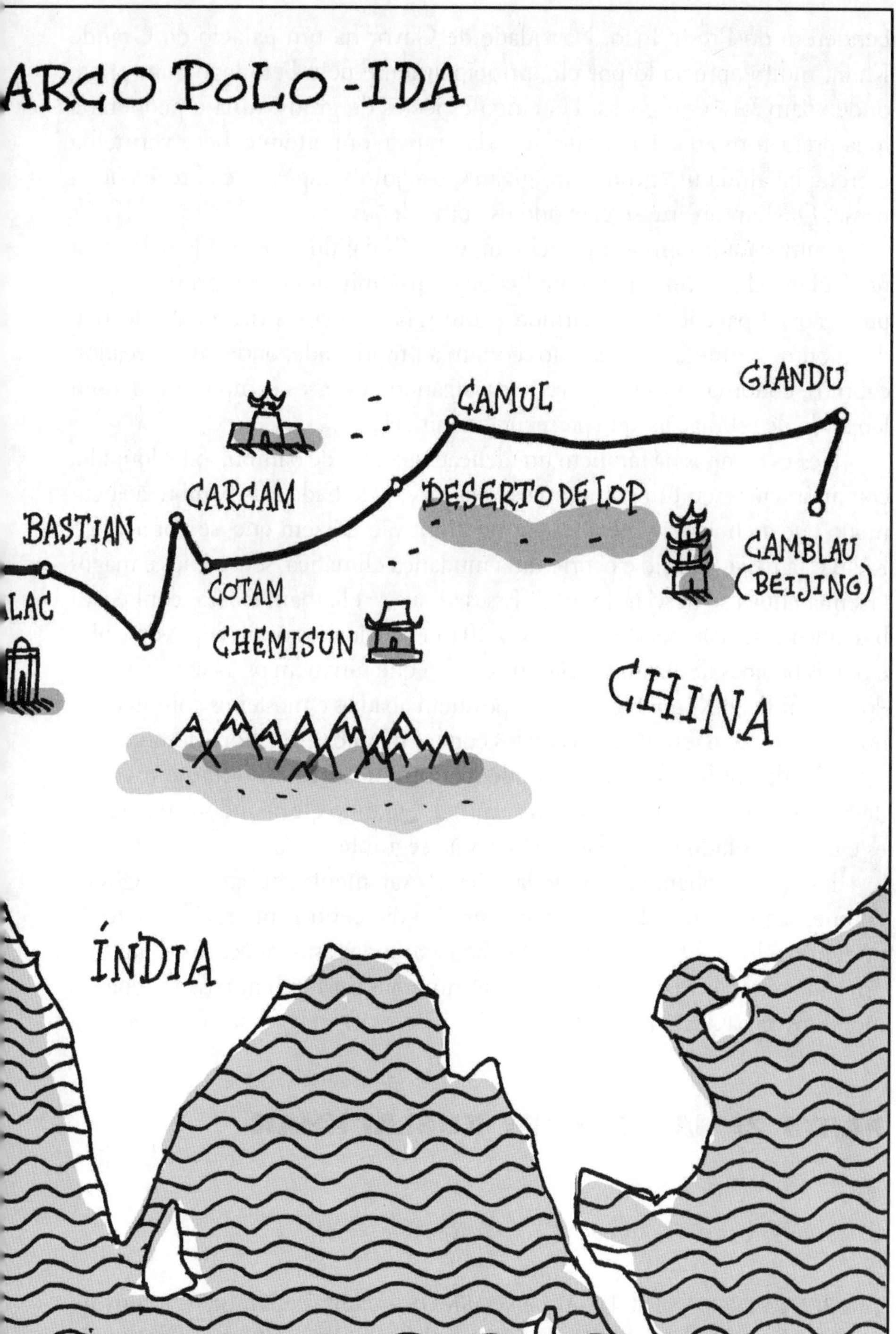
ARCO POLO - IDA
GIANDU
CAMUL
CARCAM
DESERTO DE LOP
BASTIAN
CAMBLAU
(BEIJING)
COTAM
LAC
CHEMISUN
CHINA
ÍNDIA

cenderem do Preste João. Na cidade de Gavor há um palácio do Grande Khan, muito apreciado por ele, principalmente pelo belo lago com praia, onde voam faisões e grous. Há cinco espécies de grous: uma é pequena e toda preta como o carvão; outra é toda branca; outra tem cabeça vermelha e preta; há ainda um grou cinza gigante e a quinta espécie se parece com a nossa. O Khan diverte-se caçando-os com falcões.

Outra cidade com um palácio imperial é Giandu, construída pelo atual rei, Kublai Khan. Tem uma muralha de quinze milhas de comprimento para proteção. O palácio é de mármore, com salas e quartos ricamente decorados a ouro. Inúmeras fontes e rios cortam a propriedade, onde vivem veados, cabritos, codornas. O rei se diverte cavalgando por esses campos junto a seu leopardo de estimação, que persegue os animais.

Nesses campos há também um delicado palácio de bambu, todo dourado, com inúmeras esculturas de animais e pássaros. O telhado é de bambu tão bem unido que a chuva não penetra por nenhum vão. Dizem que, se por acaso o Khan está nesse palácio e ocorre uma mudança climática, seus sábios e magos fazem a chuva se desviar do local. Esses sábios se chamam *tebot* e conhecem bastante as ciências ocultas. Certa vez 10 mil convidados viram copos de vinho e outras bebidas deslizarem pelas mesas sem que ninguém os tocasse, chegando até diante do Khan. Esses magos possuem abadias e mosteiros com mais de duzentos frades e festejam seus ídolos com as maiores e melhores festas.

O Palácio de Bambu é a residência oficial do Khan durante o verão, devido ao grande calor que assola a capital. Quando ele abandona o palácio, este é desmontado e guardado até o verão seguinte.

Por que o soberano abandona o local exatamente no dia 28 de agosto? Porque, segundo os astrólogos e magos, é o dia certo para espalhar leite de jumenta pelo ar e terra, de modo a abençoar todas as criações. O Khan tem um gado muar formado por magníficas jumentas e asnos brancos, e apenas os membros da casa real podem beber desse leite, com raras e honrosas exceções.

PARTE 2: NA CORTE DE KUBLAI KHAN

1
O ENCONTRO COM O GRANDE REI

QUARENTA DIAS ANTES DE ALCANÇARMOS a capital, Camblau, fomos interceptados por uma escolta do Grande Khan. O rei estava radiante pelo retorno de meu pai e de meu tio e curioso para ouvir os relatos das viagens. Era 1275 e iniciávamos uma longa estada de mais de vinte anos com os mongóis e a serviço do Grande Khan.

Camblau é a sede do governo durante três meses do ano, pois o Khan nela reside nos meses de dezembro, janeiro e fevereiro. O palácio se ergue no centro de um grande terreno, cercado dos quatro lados por um muro larguíssimo. Em cada um dos cantos existe um palácio menor, que guarda o material bélico: flechas, aljavas, cordas, freios etc., tudo o que é necessário para uma batalha. Nos muros externos existem cinco portas e a central só é aberta para o Grande Khan.

O palácio, assim tão bem guardado, está situado numa pequena elevação. O telhado é altíssimo e tão bem envernizado que brilha ao sol como ouro ou cristal. As paredes das salas e quartos são recobertas de ouro e prata e decoradas com histórias desenhadas de mulheres, pássaros, cavaleiros e outros motivos. Há uma sala tão vasta que poderia conter 6 mil pessoas e a quantidade de quartos é impossível precisar.

Há jardins maravilhosos no palácio, com as mais variadas espécies vegetais. Quando o Khan fica sabendo de alguma árvore que lhe agrada, manda arrancá-la e plantá-la no morro. Há ainda a criação de faisões, arminhos, gamos, cabritos-monteses e um lago ao noroeste, com linda criação de peixes.

Assim que chegamos ao palácio, fomos recebidos pelo Grande Khan. Ele estava num trono magnífico, cercado pelos seus barões. Nós humildemente nos ajoelhamos a seus pés, mas o rei logo nos fez levantar. Tratou-nos com mais consideração do que fazia até com os membros da corte.

— Muito me alegra o seu retorno, meus amigos — ele disse. — Quem é esse jovem que os acompanha?

— É meu filho Marco, alteza — disse meu pai. — Seu criado, como nós.

— Sejam todos bem-vindos. Como foram de viagem? E a missão junto ao papa?

Meu pai entregou a mensagem do papa e explicou as dificuldades na política italiana, com a demora na escolha do novo pontífice. Disse também que o ataque sofrido na cidade de Acri afugentou os frades. Kublai ouviu tudo calado e depois manifestou alegria por nos ver com saúde e bom ânimo.

Sempre tive facilidade em aprender idiomas e, durante nossa longa viagem, meu tio e meu pai haviam me ensinado tártaro. Vivendo na corte, pude aprimorar-me. Descobri que Kublai Khan (seu título, em nosso idioma, significa "o Senhor dos Senhores") realmente é digno do nome, pois reina em mais territórios, povos e tesouros do que todos os reis do passado e do presente. Descendente direto de Gêngis, é o sexto Khan após a morte do antepassado ilustre. Começou a reinar em 1256 e seu reinado foi longo e próspero.

É um homem de alta estatura, bem-proporcionado de corpo. O rosto é branco e rosado, e tem olhos negros e penetrantes. Interessou-se por mim e em muitas ocasiões tive o privilégio de desfrutar da sua intimidade e lhe prestar honradamente serviços como embaixador junto a diversas províncias.

2
A FAMÍLIA REAL E AS GRANDES FESTAS

KUBLAI KHAN TEM QUATRO MULHERES e considera todas como esposas. Elas têm o título de imperatrizes e cada uma mantém uma corte particular, constituída de mil pessoas, entre pajens, escudeiros e criados. Quando o Khan deseja a companhia de uma dessas mulheres, vai a seus aposentos ou a convida para os seus.

Além das esposas, o imperador tem muitas amigas, jovens selecionadas entre as cem mais belas da raça dos Ungrat, gente famosa pela graça e beleza. A escolha dessas amigas é curiosa: elas fazem um estágio no palácio, sob as ordens de várias damas antes de receberem o convite formal de se integrarem à corte. O próprio Khan as examina, faz com que deitem a seu lado num divã e confirma se têm bom hálito e se são sadias e formosas. Aquelas que passam no teste assim servem ao rei: a cada três dias e três noites, seis dessas donzelas ficam no quarto do Khan, servindo-o em tudo de que ele necessita. Depois novas jovens se revezam nos aposentos reais.

Das quatro esposas, o Khan tem vinte e dois filhos. Dentre eles, sete são soberanos de reinos importantes. Das inúmeras amigas, teve outros vinte e cinco filhos e todos constituem o baronato. O filho mais velho ganhou o nome de Gêngis Khan e deveria suceder Kublai, mas infelizmente morreu. Seu filho primogênito, Temur, será o herdeiro direto do avô. Já foi investido com as insígnias imperiais, mas só reinará após a morte do imperador. Temur é sábio e corajoso e demonstrou seu valor em inúmeras batalhas. No palácio de Camblau há uma residência próxima ao muro norte que pertence a ele.

Nos dias de gala, o Grande Khan reúne a corte do seguinte modo: sua mesa é armada num estrado acima de todos, e a primeira esposa fica do lado esquerdo. Do lado direito, um pouco mais abaixo, sentam-se os filhos e netos da linhagem imperial, de maneira que o mais velho dos parentes fique à altura dos seus pés. Depois os barões se sentam ainda mais abaixo que a primeira esposa. O lugar das mulheres corresponde ao dos homens, à esquerda da primeira esposa. O lugar das mulheres dos barões é mais abaixo ainda.

Todos conhecem o lugar que lhes cabe. Devido à disposição das mesas, Kublai reúne um imenso contingente de convidados. É comum também haver mais de 40 mil pessoas pelo palácio, banqueteando-se com o imperador. Entre os súditos há gente de povoados exóticos, portadora de inúmeros presentes.

Após o banquete, quando o Grande Khan se levanta da mesa, os bobos da corte entram para divertir os convidados. As mesas são desmontadas e aos poucos todos se retiram para seus aposentos ou casas.

Todos os tártaros comemoram o aniversário de Kublai Khan, que nasceu em 28 de setembro. Nenhuma data é mais festejada do que essa. Nessa ocasião, Sua Majestade veste uma roupa de ouro batido. Seus 12 mil homens também usam a mesma cor, embora não tenham vestes tão valiosas quanto a dele. O rei tem um guarda-roupa fabuloso, há roupas bordadas com pedras preciosas cujo valor alimentaria um reino. É comum que o Khan presenteie seus barões com roupas semelhantes à sua.

Outra data significativa para os tártaros é o ano-novo, que para eles começa em fevereiro. Nesse dia todos se vestem de branco, cor que traz felicidade e alegria.

Antes da arrumação das mesas na sala principal, chegam os reis, duques, condes, barões, cavaleiros dos lugares mais longínquos. Quem não cabe ali fica fora do palácio, mas em posição que o Khan os possa ver. Nesse dia ele é presenteado com 12 mil cavalos brancos, além de elefantes carregados de joias e ricos objetos. Todos desfilam diante do Khan, é uma das coisas mais lindas de ver.

É o momento também de adorar o Khan, como a um deus. Todos encostam a testa no chão e fazem preces para o imperador. Depois se dirigem a um altar, onde queimam incenso e afinal tomam seus lugares oficiais, quando o banquete tem início.

Dentre os barões há a "quita", isto é, os doze primeiros filhos do Khan. Esses barões são honrados com roupas mais ornadas e formosas que a dos demais e devem usar, nas cerimônias, aquelas que o Khan ordenar.

3
A GRANDE CAÇADA DO KHAN

QUARENTA DIAS DEPOIS DE FEVEREIRO iniciam-se as caçadas. O Khan decretou que toda a corte deve ir à caça, por isso muitos animais, como gamos, javalis, cabritos, ursos, bois selvagens e outros, são enviados para o castelo, destripados e prontos para assar. Partes de alguns desses animais, como peles e chifres, servem de matéria-prima para o exército.

Geralmente quem acompanha o rei nas caçadas são o barão Baia ou o barão Manga, irmãos carnais do Khan, que se revezam nessa honra. Cada um deles tem um baronato a um dia de distância um do outro e comanda, nessas ocasiões, um exército de 10 mil homens. Os guerreiros Baia usam a cor vermelha, e os guerreiros Manga, a cor cinza. Usam esses uniformes sempre que vão caçar.

Dentre os 10 mil, 2 mil homens estão encarregados dos cães, em geral grandes mastins. Essa caçada é um espetáculo maravilhoso, com 10 mil caçadores uniformizados e 5 mil cães bem treinados. É bonito ver os cachorros chegando de todos os lados e acuando as presas.

Além dos cães, Kublai possui feras amestradas para caçar, como leopardos e leões. Os leões são levados em uma jaula, sobre uma carroça, até o local determinado.

A partir de março, Kublai segue para o sul, até o mar, com 10 mil falconeiros. É claro que não se usam todas as aves ao mesmo tempo. Grupos de cem, cento e poucas aves ficam em um lugar aqui e ali, aos cuidados de um *tostaer*, o que em nossa língua significa "guarda". Esses funcionários, que andam de dois em dois, levam uma cana comprida e apitos para atrair as aves.

O panorama que se descortina, durante a viagem de Kublai até o mar, tal como o espetáculo da caçada de aves, é uma coisa esplêndida!

O imperador viaja sobre quatro elefantes, nos quais pousa um palanquim estofado com tecido de ouro e recoberto de couro. Alguns barões costumam acompanhar o rei e distraí-lo. Se por acaso um grupo de aves passa voando pelas redondezas, um criado avisa, por exemplo:

— Alteza, estão passando grous.

Abre-se uma portinhola do teto e dali mesmo, deitado no palanquim, o Khan envia seus falcões em missão de lhe aprisionar as aves. Ele diverte-se muito com essas caçadas inesperadas, e os seus barões também.

O lugar favorito de caça chama-se Tarcamadu, onde se erguem tendas e pavilhões. A comitiva formada por barões, mulheres, criados e falconeiros ultrapassa 10 mil pessoas, todas muito bem instaladas. Mas nada se compara aos aposentos reais.

A tenda real é tão vasta que nela poderiam caber mil cavaleiros. É sustentada por quatro belíssimas colunas de madeira aromática e coberta por couro de leão, que a impermeabiliza. As paredes são feitas de peles de arminho e marta; os tártaros as consideram as rainhas das peles. A porta de entrada fica voltada para o sul. Há duas salas e um quarto.

Em outras tendas são guardadas as aves treinadas. Ninguém das redondezas — camponeses, comerciantes ou nobres — pode ter falcões de caça, somente o soberano. É proibido também caçar gamos, veados, cabras ou espécies que procriem nos meses de março a outubro. Quem desobedece é punido.

Todos os pássaros do Grande Khan e os dos barões possuem uma plaqueta de prata amarrada aos pés, com o nome do dono, para que, caso se extraviem, possam ser reconduzidos ao lar. Se por acaso não se localiza o dono de uma ave treinada, ela é encaminhada ao barão Bulargugi, que quer dizer "guardião de objetos perdidos".

Esse barão também é guardião de cavalos ou quaisquer outros objetos perdidos. Se a pessoa que achou o ser ou objeto não procurar o Bulargugi, pode ser acusada de roubo. E se alguém quiser localizar qualquer coisa que perdeu, é a ele que deve recorrer. Esse barão está sempre em primeiro plano no exército, com seu estandarte bem visível.

4
A CAPITAL E O CAPITAL DOS TÁRTAROS

APÓS ESSA LONGA PEREGRINAÇÃO de caçada, Kublai retorna à capital, Camblau. Fica três dias com suas mulheres, dando grandes recepções.

Camblau é superpopulosa e também é cercada por aldeias lotadas de gente. Há bandoleiros e malfeitores que vagam pelas estradas, em razão da quantidade de riquezas que a região agrega.

Não há prostitutas nem cemitérios dentro dos muros de Camblau. Se alguém morre, é transportado para fora das muralhas. As prostitutas, em número superior a 20 mil, espalham-se pelas aldeias, procurando atrair mercadores e viajantes que pernoitam ali.

Pelas doze portas de Camblau passam todos os dias mais de mil carroças, boa parte delas lotada de seda, porque essa é região em que se fabricam tecidos requintados. Os moradores, mesmo os que residem a mais de duzentas milhas, fazem compras ali.

A bebida mais comum na cidade é uma espécie de vinho de arroz, fermentado com muitas especiarias. É um vinho claro, lindo, mas que embebeda bem rápido. Às vezes eles o tomam aquecido. Aqui na região encontram-se curiosas pedras pretas, extraídas do meio de uma montanha e muito usadas nos fogareiros. Uma vez acesas, essas pedras conservam-se nesse estado por toda a noite, e são mais eficientes do que lenha.

Em Camblau também ficam o banco e a Casa da Moeda de Kublai Khan. O dinheiro chinês é feito da casca da amoreira, a mesma planta que alimenta o bicho-da-seda. Essa casca é esticada como um algodão escuro e depois é cortada em pedaços de tamanho variado. Assim, os papéis menores valem uma moeda; há outros pedaços que valem cinco ou dez. Todos esses papéis são carimbados com a rubrica do rei e valem tanto quanto o seu tesouro. Com esse papel se fazem pagamentos em todas as províncias e ninguém o recusa, sob pena de morte. Os comerciantes costumam trocá-lo por suas mercadorias, quando em viagem. Às vezes, o Khan publica um edital mandando arrecadar todos os objetos de ouro, prata e pedras preciosas e paga os donos com esse papel.

Se uma pessoa quer fabricar um cinto ou uma joia de ouro ou prata, vai até o banco e compra esse metal, trocando-o pelo papel-moeda. Por essa razão, o Grande Khan é o soberano que mais possui metais preciosos no mundo.

5
A POLÍTICA DE KUBLAI

A CHINA É DIVIDIDA em 34 províncias comandadas por doze barões poderosíssimos. Cada um deles atende em uma ala de um palácio de Camblau, construído para esse fim. Em cada uma dessas alas há inúmeras salas e repartições, com seus escrivães e um procurador. Esses procuradores são nomeados pelos barões dentre os homens mais capazes da província. O imperador ratifica esses cargos entregando-lhes uma plaqueta de ouro, de acordo com o posto que ocupam.

São ainda esses barões que transferem os soldados para as províncias e cuidam da ordem interna. Os meios de comunicação do império são rápidos e muito eficientes: existem 10 mil mensageiros.

Se um barão precisa se comunicar com uma província distante, envia um mensageiro a cavalo. É certo que esse homem encontrará, a cinco milhas aproximadamente, para qualquer direção, um pouso digno para se hospedar. Nas rotas mais concorridas é comum que haja até um palácio, onde o mensageiro pode dormir em cama forrada de seda e terá uma cozinha farta, comandada por criados bem treinados. Nesse posto é feita a troca de cavalos. A rota também é marcada pelas árvores plantadas de um lado e de outro, a fim de evitar que os viajantes se percam.

Mesmo em regiões mais remotas, a cada quarenta milhas o Khan construiu um pouso com estábulos. Nos vários territórios há mais de 200 mil cavalos a serviço do governo. E se houver necessidade de maior rapidez, o serviço conta também com curiosos mensageiros a pé.

Esse correio funciona assim: um peão carrega um cinto de chocalhos e, ao receber uma mensagem, dispara a correr. Quando está a três milhas de outro peão-correio, é possível ouvir o barulho do chocalho e um mensageiro intercepta o primeiro, recolhendo a mensagem e iniciando outra corrida até as próximas três milhas. Isso ocorre sucessivamente e possibilita que o Khan receba uma mensagem de lugares muito inóspitos e longínquos; por exemplo, de um lugar que ficaria a dez dias de viagem, o Khan recebe notícias em um dia e meio; de um local distante vinte dias, recebe novas num prazo de dois dias e duas noites.

É uma forma eficiente e centralizada de manter o poder. O Khan se interessa pessoalmente pelo bem-estar de seu povo e, se é rapidamente avisado, pode socorrê-lo em caso de necessidade.

Se houver numa região, por exemplo, uma enchente ou outra calamidade, o rei isenta os camponeses de impostos naquele ano. Ou envia cereais para que se alimentem ou grãos para que plantem, se necessário. Essa é uma atitude rara em um soberano.

Quando ocorrem grandes safras, o governo armazena o excesso de maneira a evitar que estraguem. É possível estocar grande quantidade de trigo, milho, cevada e arroz, até por quatro anos. Se houver uma calamidade, o governo doa os grãos. Caso tudo esteja bem, esse excesso é vendido nos mercados a um preço abaixo do convencional.

Nas grandes cidades como Camblau, as famílias numerosas que passam necessidade recebem gratuitamente cereais e outros alimentos. Essa caridade ajuda um número enorme de pessoas. Todos os dias são distribuídos gratuitamente mais de 30 mil pães. Por isso Kublai é adorado como um deus pelo seu povo.

6
UMA MISSÃO PARA MARCO

TIVE OPORTUNIDADE DE ACOMPANHAR inúmeras audiências em que o Khan recebia seus mensageiros e funcionários, descrevendo a situação do reino nas diversas províncias. Não revelava minhas opiniões, mas em segredo os achava uns tolos, por desfiarem monotonamente cifras e se aterem apenas aos fatos.

Certo dia, recebi um inusitado convite. O imperador mandou me chamar à sala de audiência e disse:

— Gostaria de ser meu embaixador junto a províncias do Oeste? Você já está bem experiente em nosso idioma.

— Alteza, é o meu sonho mais desejado!

Diante de meu entusiasmo, o grande monarca sorriu:

— Meus funcionários podem ser leais, mas não conseguem contar histórias tão bem como você faz, jovem Marco. É uma pessoa de rara inteligência e senso de observação.

Então parti para o Oeste, inicialmente numa missão que durou meio ano. Fiz inúmeras anotações e, ao retornar, descrevi algumas características e culturas das províncias pelas quais passei. Fiz isso de tal modo que a corte se entusiasmou com tantas curiosidades!

Eis alguns exemplos do que narrei para o Khan:

"No rio Pulinzanchiz há uma ponte famosa, que liga Catai a Eumangi. A ponte é toda de pedra e posso assegurar que outra igual não existe no mundo. Tem o comprimento de duzentos passos e largura de oito. Por ela podem passar dez cavaleiros um ao lado do outro. Apoia-se sobre 34 arcos de mármore, que se erguem da água. Em cada balaustrada há leões esculpidos. É uma das coisas mais belas de ver no mundo!"

"Ao sair de Giogui e cavalgando dez dias, encontra-se o reino de Taianfu (região de Scian-si). A maior parte do material bélico dos exércitos de Vossa Alteza vem dessa província."

"Tive o privilégio de visitar o reino de vosso filho Mangala e me hospedei no palácio da cidade de Quengiangfu. O palácio contém inúmeros e belos jardins, cercados por altos muros. A cidade é um grande mercado de joias e seus moradores são ótimos artesãos. Mangala é um rei muito querido, porque é justo e generoso."

"O gengibre tão usado na culinária chinesa vem da região de Ambalet Mangi, região nativa dos animaizinhos que fornecem o almíscar."

"Sardafu é uma cidade atravessada por um rio largo e piscoso. É um rio tão largo que parece um mar. Em suas margens há inúmeros castelos e o tráfego de barcos é intenso, dia e noite. Sobre a ponte armam-se lojas de madeira que vendem todo tipo de objeto. Essas lojas são desmontadas à noite para serem remontadas no dia seguinte. O comércio é tão intenso que todos os anos os impostos do Khan atingem a quantia de mil bisantes de ouro."

"Tebet já foi uma grande província, mas está em ruínas depois das guerras que seu ancestral, Mogui-Khan, fez contra ela. Os caminhos são péssimos e os habitantes ficam longos períodos isolados. Talvez por isso tenham um curioso hábito matrimonial... Aqui nenhuma moça virgem encontraria marido, pois os homens preferem mulheres experientes. Por isso, os mercadores que aqui trafegam encontram moças pelos hotéis e pousadas, oferecendo-se. Caso o viajante aceite deitar com ela, deve recompensá-la com alguma joia, o que comprova que eles tiveram relações. A moça que apresentar o maior número de joias casa-se mais depressa, porque prova que conheceu mais homens."

7
OUTRAS MISSÕES DE MARCO POLO

DEPOIS DE MEU PRIMEIRO SUCESSO como embaixador do Khan, tornei-me um emissário de confiança. Viajei com meu pai e meu tio por inúmeras e intrigantes regiões e quero descrever alguns dos costumes que vi.

A província de Giandu tem as mais belas pérolas do mundo, em um lago profundo. O Khan limita a extração de pérolas para evitar que seu excesso no mercado as desvalorize. Nessa região há um belo costume: seus habitantes acreditam que os ídolos os recompensarão se eles forem generosos com os estrangeiros. Portanto, oferecem pousada, alimentos e suas mulheres aos viajantes, o que não lhes é vergonhoso.

O dono da casa, quando vê uma caravana se aproximando, vai imediatamente à porta e recomenda à esposa ou filhas que tratem os forasteiros como a ele mesmo. Abandona a casa e, durante três dias, o estrangeiro reina no lar. É costume o hóspede deixar um chapéu à janela, para avisar que o quarto está ocupado. Enquanto o marido vê esse sinal, não retorna. É uma prática comum em toda a província.

Partindo de Giandu e viajando dez dias, chega-se ao rio Brunis (curso superior do rio Azul), fronteira com Caragia (atual Yun-nan). É uma província dividida em sete reinos idólatras, cujo rei é filho do Grande Khan. O idioma falado aqui é bem difícil de entender.

Curioso um dos costumes dos habitantes de Caragia: eles comem alimentos crus, em especial os peixes. Há um grande lago na província, com os mais variados e saborosos peixes do mundo. Os pobres costumam ir aos açougues e ganham o bucho e os intestinos dos bois, que embebem em molho e comem. Até os ricos preferem os alimentos sem cozer; eles saboreiam a comida da mesma forma que nós fazemos com a carne cozida ou frita.

Em toda Caragia é abundante o número de cobras, algumas bastante assustadoras. Existem as que medem dez passos bem largos e são grossas como dez palmos. A boca é tão larga que pode engolir um homem de um só bote! Têm dentes enormes e não há homem ou animal que não as tema ou fuja delas. Mesmo assim é possível capturá-las.

As cobras se refugiam do calor, durante o dia, sob as pedras e só saem à noite. Seguem direto para as fontes de água e seus corpos imensos criam rastros na areia. Os caçadores seguem esses rastros e escondem um pau longo, com faca afiada na ponta, sob a rota da areia. Na noite seguinte, quando a cobra rasteja, fere-se de comprido na barriga e morre imediatamente. Os caçadores, escondidos, então se aproximam e tiram sua bolsa de fel, que tem alto preço no mercado. Esse veneno é considerado um excelente remédio contra a mordida de cães e ferimentos variados, além de facilitador de partos difíceis.

8
ARDANDA E MIE

DEPOIS DE CARAGIA viajamos para a província de Ardanda, cuja capital é a cidade de Vaciam (atual Yung-cing). O povo costuma cobrir os dentes com ouro.

Os homens são grandes guerreiros, mas têm um hábito curioso a nossos olhos europeus: quando nasce um nenê, são os pais que ficam de resguardo por quarenta dias. Eles dão banho na criança, trocam fraldas e recebem as visitas. Justificam sua atitude com a alegação de que as esposas carregaram bastante a criança durante a gravidez e é justo que repousem depois de darem à luz...

A moeda dessa província é de ouro e porcelana. Uma moeda de ouro vale cinco de prata. A prata é abundante numa mina que fica a cinco dias de viagem da capital.

Esse povo não é idólatra nem possui igrejas; eles respeitam e adoram o mais velho da família, o qual, acreditam, pode dispor dos mais jovens como quiser. É uma região muito insalubre e de difícil acesso.

Não há médicos e, quando alguém adoece, é comum recorrer aos feiticeiros. Parecem ter um pacto com o diabo. Quando chegam à cabeceira do doente, tocam instrumentos, cantam e dançam. Acreditam que as doenças são causadas por espíritos que se apossaram das vítimas. Às vezes pedem que os familiares dos doentes providenciem carneiros ou bodes para serem mortos e cozidos. Toda a família deve comer dessa carne, em meio a muita reza e cantoria. Acreditam que o banquete satisfaz os espíritos que molestam o doente. Caso o paciente morra, os mágicos explicam:

— O doente causou tanto desgosto ao espírito que este não quer perdoá-lo neste mundo.

Ao sair dessa província, o viajante passa por uma ladeira muito íngreme, na fronteira com a Índia, e chega a Mie. É um lugar selvagem e inóspito. É possível viajar quinze dias sem que se veja uma pessoa, apenas elefantes, unicórnios e outros animais selvagens.

A cidade de Mie (Awa, Mianmar) tem as mais belas torres do mundo. Ladeiam o túmulo de um rei que viveu aqui há muitos anos. Ele decretou em testamento que seu túmulo contivesse as tais torres, uma de ouro e outra de prata.

Assim foi feito: cada torre foi construída de pedra e coberta dos metais preciosos, na espessura de um dedo. Quando o Khan conquistou essas terras, seus guerreiros perguntaram se deveriam derreter o metal das torres, mas o imperador disse que não, que "tártaro algum se apodera das coisas de um defunto". Por isso as torres ainda reluzem em Mie, lindas e gloriosas!

9
A CONQUISTA DO REINO DOS MANGIS

ALGUNS ANOS ANTES DE NÓS, os Polo, estarmos a serviço do Khan, os tártaros conquistaram a região de Mangis. O rei dessa província era o senhor Fafur, que procurava rivalizar com o Khan em poderio e riqueza; mas seu povo não era guerreiro e não conseguiu se defender da invasão.

Havia costumes muito dignos nesse reino. Costumava-se dizer que o rei de Mangis salvava cerca de 20 mil crianças, todos os anos. Perguntei como e me contaram que os pobres da terra, sem condições de sustentar os filhos, os abandonavam ao nascer. O rei assumia essas crianças, dando-lhes casa para morar ou incentivando que pessoas mais ricas as adotassem. Era comum também encarregar-se do casamento de seus pupilos entre si. Mantinha mais de mil rapazes e moças em seu serviço pessoal.

Ouvi outro fato que também me revelou a beleza de sentimentos dos monarcas mangis. Se o rei andasse por uma rua e visse uma grande casa ao lado de uma pequena e se soubesse que essa família não tinha posses, ele ampliava a casa por sua conta.

Seu povo podia contar com o rei para se manter alimentado e abrigado, mas não seguro: o senhor Fafur revelou uma peculiar covardia quando da invasão dos tártaros. Havia uma profecia sobre seu reinado, a de que ele seria derrotado por um personagem de muitos olhos. E foi o que aconteceu!

Em 1273, o Khan invadiu o reino e, ciente dessa profecia, enviou para lá o barão Baia Anasa, cujo nome significa "Baia, dos Cem Olhos". Ao tomar a primeira cidade dos Mangis, ele exigiu rendição total. Após ter conquistado doze cidades, ele se aproximava das fronteiras da capital, Quisai (Hang-ciou, hoje capital da China setentrional) com seu poderoso exército, quando o rei resolveu fugir. Reuniu seus comandados em mil navios e foi para as ilhas próximas.

A rainha permaneceu na capital, defendendo-se como podia. Ela perguntou o nome do comandante invasor, e quando lhe disseram que era "Baia, dos Cem Olhos", imediatamente se rendeu.

Levada ao palácio do Khan, foi tratada com respeito e magnanimidade. O senhor Fafur permaneceu no mar e morreu no exílio. As tropas invasoras trataram o povo de Mangis com generosidade e essa província se incorporou ao império do Grande Khan.

10
OS COSTUMES DOS MANGIS

PUDE CONHECER MUITAS CIDADES imponentes dos mangis. Se esse povo fosse guerreiro, teria conquistado o mundo inteiro. Uma de suas cidades, Signi (hoje Su-ciou), é tão grande que abrange sessenta milhas! Tem mais de 6 mil pontes de pedra, por onde trafegam mercadorias de todas as regiões.

A capital, Quisai, tem um grande mercado de arte e ricos castelos, além das moradias comuns. Existem 160 mil chaminés e cada chaminé atende a umas dez moradias, então já se pode supor o número de habitantes...

Quisai fica no alto de uma montanha e seu nome, traduzido para o nosso idioma, significa "cidade do céu". É tão linda que o próprio baia, conquistador da província, solicitou ao Khan permissão para não destruí-la. Vi com meus próprios olhos o documento dessa solicitação!

A cidade é ilhada e tem mais de 12 mil pontes, cada uma delas guardada por dez homens, dia e noite. O Khan faz questão de que essa cidade seja bem defendida porque, além de capital da província, é daqui que se recolhem os impostos mais substanciais.

Todas as ruas são calçadas com pedras e tijolos e a população usa as pontes para ir de um lugar a outro, seja a pé, seja a cavalo. Sob muitas delas poderia passar um navio grande.

Nessa cidade existem doze profissões, uma de cada ofício. Cada profissão reúne 12 mil oficinas e em cada uma há de vinte a quarenta homens, entre mestre e discípulos. Esses discípulos aprendem sempre o ofício do pai e, mesmo que tentados por melhor remuneração, não quebram a tradição de seguir a profissão herdada dos ancestrais.

A produção dessas oficinas abastece muitas províncias e os trabalhos realizados são tão perfeitos que se poderia dizer foram feitos por mãos de anjos em vez de humanas!

Quisai reúne uma classe de mercadores tão ricos que me chamariam de mentiroso se citasse todos os seus bens. Muitos deles possuem castelos que margeiam o lago central, de onde se veem duas ilhas. São edifícios tão formosos que poderiam ter sido construídos para a nobreza, e não para a classe dos mercadores. Essa riqueza não é exaltada apenas nas construções, mas na qualidade das louças, dos móveis e demais artefatos domésticos, coisas riquíssimas em qualidade e formosura.

Os habitantes da capital comem toda espécie de carne, até de cachorro e de outros animais selvagens e que pareceriam nojentos para os cristãos.

Quisai possui 3 mil banhos públicos, frequentados por homens e mulheres. Esse povo preza muito a limpeza do corpo. Alguns desses lugares são tão amplos que reúnem mais de cem pessoas de uma só vez!

O povo de Mangis é muito supersticioso e crê devotadamente em astrologia. Quando nasce uma criança, o pai anota cuidadosamente o dia, a hora e o lugar, para saber o signo e o planeta regente do destino do filho. Os mangis também seguem previsões astrológicas para fazer negócios, iniciar viagens ou quaisquer outras atividades importantes.

11
O KHAN ENFRENTA UMA REVOLTA

APESAR DO QUE CONTEI a respeito da derrota da província de Mangis, uma metrópole resistiu durante três anos ao cerco tártaro: Saianfu, grande e poderosa, cuja influência se fazia sentir em outras doze cidades.

Nós pudemos acompanhar o desfecho da batalha e confesso, orgulhoso, que ajudamos na vitória do Khan.

Após o longo cerco, os exércitos tártaros ameaçavam debandar. Meu pai Niccòlo contou então ao Khan que sabia da construção de artefatos que poriam os muros de Saianfu abaixo. Com sua permissão, papai e titio procuraram um metalúrgico, cristão nestoriano, que construiu três canhões.

Depois dos primeiros disparos, o terror se espalhou entre os moradores de Saianfu. Eles se reuniram em conselho e deliberaram a rendição.

Foi a primeira vez que os tártaros usaram canhões em batalha e isso se deve ao engenho dos Polo. O Khan ficou bastante grato e nos deu ainda mais honrarias e missões diplomáticas.

PARTE 3: AS VIAGENS PELA ÍNDIA

1
CIPANGO

ATÉ AQUI CONTEI sobre as maravilhas que conheci por terra. Agora é o momento de descrever aquelas que vi pelo mar.

Os navios! São admiráveis os navios mercantes que encontrei. São feitos de uma madeira chamada abete, com tábuas bem unidas umas às outras por grandes pregos. A maioria tem quatro mastros e um leme, podendo levar dois mastros suplementares. Muitas dessas embarcações comportam quarenta quartos; é costume que cada mercador pegue um deles para si, para viajar com conforto e segurança.

Os indianos não alcatroam seus barcos porque não têm alcatrão, mas conhecem um produto ainda melhor para vedar a madeira: trata-se de cânhamo triturado com cal viva e resina de certas árvores, o que resulta em uma substância viscosa e eficiente.

A tripulação conta geralmente com duzentos marinheiros e o barco pode carregar 5 mil cestas de pimenta e 6 mil de tâmara. É comum também rebocar outro barco, que comporta outras mil cestas de produtos.

Esse é o tipo mais comum de embarcação que viaja pela Índia e eu a utilizei para conhecer muitas das ilhas que se encontram no lado leste do mar-oceano.

A mais importante delas é Cipango (Japão) e fica no mar do Cin, que significa "mar que fica contra os mangis". Segundo os marinheiros, existem 7450 ilhas, na maioria habitadas. A ilha principal fica a leste, em alto-mar. É autogovernada e supõe-se que seja riquíssima, mas tudo ali é muito fechado. Não se pode avaliar a fortuna que os pescadores retiram desses mares em pérolas! É proibido sair de Cipango com elas ou com metais preciosos. O palácio do senhor da ilha é muito grande e coberto de ouro, do chão às janelas.

O Khan que agora reina cobiçava as riquezas dessa terra e tentou conquistá-la em 1269. Sucedeu o que vou relatar.

Kublai enviou para Cipango dois barões poderosos, Abata e Sanici, com muita gente a pé e a cavalo. Eles desembarcaram na ilha e se apossaram facilmente da parte plana e de algumas casas, sem contudo dominar castelos ou cidades.

Havia entre Abata e Sanici muita rivalidade e inveja, o que dificultou uma ação conjunta. Certo dia em que soprava um vento norte, Abata sugeriu que iniciassem a invasão. Sanici acreditou que, se ficassem nos portos, os barcos poderiam naufragar e também partiu, mas sem muito planejamento.

Zarparam às pressas e sobreveio a tempestade. Quem chegou a alguma ilha se salvou, mas muitos que ficaram a bordo pereceram. Os barcos que retornaram trouxeram a notícia do desastre.

Cerca de 30 mil homens se salvaram numa ilha pequena, porém todos no Império Tártaro os supunham mortos. Os moradores de Cipango, ao verem os náufragos isolados, resolveram aprisioná-los e chegaram em grandes navios.

Os homens do Khan, ao perceberem que os navios de Cipango estavam vazios, lançaram mão de uma estratégia: circum-navegaram a ilha e atacaram os barcos pela retaguarda. Depois, fingindo-se de marinheiros amigos, chegaram até o comando do exército de Cipango como se fossem prisioneiros dos barcos. Atacaram de surpresa e obtiveram a vitória! Expulsaram os homens e ficaram com as mulheres da principal cidade para si. O exército do Khan finalmente conseguiu dominar uma ilha e uma cidade de Cipango!

Acontece que os barões não se acertaram no tocante ao envio de ajuda a seus camaradas. Ao cabo de seis meses, aqueles 30 mil tártaros tiveram de negociar sua rendição e restituíram a ilha e as mulheres aos homens de Cipango, sob a condição de que ninguém fosse preso. Tiveram todos de retornar até a capital do Império Mongol.

O primeiro barão que se apresentou diante do Khan foi decapitado. O outro morreu na cadeia. Apesar da sua vontade, Kublai não conseguiu dominar Cipango e pouco mais falarei das outras ilhas desse reino, porque não as conheci.

2
UMA GRANDE TERRA E MUITAS ILHAS

CIAMBA (CONCHINCHINA) É UM REINO independente a 1500 milhas de Cipango. O povo paga tributos ao Khan, no valor anual de vinte elefantes, escolhidos entre os mais belos. Esses animais são abundantes por aqui e há muita madeira de aloé e ébano.

Há um curioso hábito no reino: nenhuma moça pode se casar sem que o rei a tenha experimentado. Se a moça agrada ao rei, ele fica com ela; se não, casa-a com algum barão. No ano de 1285, como eu mesmo, Marco Polo, vi, o soberano de Ciamba tinha 326 filhos!

Outra vasta terra próxima, mas que não cheguei a conhecer por ser pouco acessível, é Locac (provavelmente o Camboja). Há um rei próprio e o reino não paga tributo a ninguém. Diz-se que há muito ouro e porcelana nessas terras, e que abundam aves exóticas, elefantes e animais selvagens. Mas, como o lugar é insalubre, poucos viajantes se atrevem a comercializar com eles. Parece até que o rei gosta dessa condição e não deseja que conheçam nem cobicem seus possíveis tesouros.

Visitei também as ilhas de Java Maior (Bornéu) e Java Menor (Sumatra). Os marinheiros dizem que Java é a maior ilha do mundo, pois mede 3 mil milhas de circunferência. O povo é idólatra e possui imensas riquezas, mas não paga tributo a ninguém. Algumas plantas nativas são noz-moscada, alcaçuz, lavanda, cravo, canela... todas preciosíssimas em nossa terra!

O Khan não conseguiu conquistar Java, por conta dos perigos da empreitada. Há oito reinos independentes nessas ilhas, cada um com rei próprio e sua língua particular, além de costumes diferentes.

Em Ferbet, os mercadores sarracenos conseguiram estabelecer comércio e chegaram até a converter alguns nativos. Mas isso na capital, que tem alguma civilização, porque nos campos o povo é tão primitivo que come qualquer animal, sujo ou limpo, e até carne humana!

Em outro reino, Basma, o povo também é animalesco. Reconhecem-se súditos do Khan, mas não pagam tributo. Às vezes enviam algum presente caro, como um belo elefante ou um unicórnio, que é um bicho horrível! Tem quase o mesmo tamanho do elefante, é herbívoro, mas ataca a presa com seu horrendo chifre preto, que fica no meio da testa. A cabeça é semelhante à do javali.

Há muitos macacos em Basma e creio que um deles originou a lenda de que os homens dessa ilha são tão pequenos que podem ser carregados por falcões. É que existe aqui um macaco com rosto de gente. Os nativos costumam matá-los e tirar-lhes a pele, menos nos genitais e as barbichas. Depois os deixam secar e colocam em potes. Parecem bastante com humanos, mas são só macacos.

Na ilha de Samarca, eu, Marco Polo, tive de permanecer por cinco meses devido ao mau tempo. Construímos casas de madeira para nos distanciarmos dos moradores, gente malévola e pouco hospitaleira. Não plantam muito, havia apenas arroz. Os peixes, porém, são os mais saborosos do mundo.

3
SEILLA E SUA MONTANHA DE FÉ

CONHECI TAMBÉM A ILHA de Seilla (atual Sri Lanka), que ouvi dizer ser a maior do mundo. É realmente grande, segundo o mapa-múndi que consultei: tem 2400 milhas de circunferência. Antigamente era ainda maior, mas a violência do vento do norte submergiu parte significativa dela.

É uma província independente. O rei do lugar se chama Sedemai e possui o maior e mais esplendoroso rubi do mundo! A pedra tem um palmo de comprimento e a espessura do braço de um homem. Não tem mancha alguma, é rubro como o fogo, uma peça sem preço! Kublai propôs comprá-lo e ofereceu o valor de uma cidade inteira, mas Sedemai se recusa a vendê-lo, pois diz que o rubi pertenceu a seus ancestrais e ele quer legá-lo aos descendentes. A ilha tem jazidas enormes dessa pedra preciosa, além de safiras e topázios.

O povo de Seilla é idólatra, anda quase nu, com a exceção de uma tanga cobrindo os genitais. Não cultiva cereais, apenas arroz, mas planta o sésamo, do qual se extrai óleo.

Destaca-se na geografia da ilha e na memória do povo uma curiosa montanha, cuja história relato a seguir.

Essa montanha é tão alta que é quase impossível escalá-la a pé, a não ser usando cordas que pendem dos seus aclives. No cume está, como afirmam os sarracenos, o túmulo de Adão, o pai de todos nós. Os idólatras contestam a afirmação e dizem que o túmulo é de Serghano Borghani, segundo eles a primeira pessoa que mereceu ser santificada.

Serghano era filho de um rei rico e poderoso, mas, ao contrário do pai, desprezava as riquezas e os prazeres mundanos. Seu pai, furioso com a atitude do único herdeiro, fez de tudo para mudar a sua opinião. Confinou o filho num palácio belíssimo, servido por trezentas das mais lindas jovens do reino.

O príncipe, porém, continuava místico, alheio aos prazeres. Certo dia, viu um defunto pela primeira vez, um homem muito velho. Espantou-se com a ideia de que todos os seres envelheciam e morriam. Decidiu que não queria mais viver neste mundo miserável, já que nunca poderia impedir que seu corpo sucumbisse. Mudou-se para essa alta montanha e se dedicou a orações e a uma vida puríssima. Quando morreu, seu pai mandou que se fizessem estátuas de Serghano e que o povo todo o reverenciasse como a um deus. É por isso que a montanha de Seilla recebe peregrinos de toda a parte.

Mas os sarracenos preferem dizer que aqui é o túmulo de Adão, onde há alguns de seus dentes e uma tigela onde ele comia. O Grande Khan se interessou por essas relíquias e recebeu-as de presente do rei de Seilla. A lenda ainda diz que a tigela tem a virtude milagrosa de multiplicar tudo o que nela caiba. Como agora é um objeto que pertence ao Khan, que tudo possui e conquista sempre novos territórios, esse poder deve ser verdadeiro.

4
AS PÉROLAS DE MAABAR

PARTINDO SESSENTA MILHAS para o oeste de Seilla, o viajante chega a Maabar (Malabar), a Índia maior conhecida sobre terra firme. Uma das maiores riquezas dessa província é a pérola.

Nos meses de abril e maio, o golfo que circunda a praia e as ilhas não ultrapassa doze passos, o que facilita a pesca de ostras. Os navios chegam lotados de mergulhadores, que passam os dias submersos até o limite de sua resistência. Um décimo das pérolas encontradas funciona como imposto real e outro décimo paga os brâmanes feiticeiros de peixes, cujos encantamentos os afastam das ostras e das pérolas. Vi esses mágicos em ação e confirmo que eles podem também encantar outros animais.

Com o imposto arrecadado, o rei reúne uma fortuna considerável, uma vez que as pérolas de Maabar são comercializadas no mundo inteiro. O monarca tem também a mais bela coleção de pérolas do mundo, porque todos que encontram belas pérolas devem levá-las até ele. Se gostar, o rei fica com elas e retribui com outras de menor tamanho.

Certamente ele não gasta sua riqueza com roupas! Um alfaiate morreria de fome em Maabar. A população anda nua, exceto por uma tanga enrolada nos genitais. Até o rei usa esse tipo de cordão, apenas um pouco mais enfeitado que o de seus súditos.

O rei que conheci tinha quinhentas esposas. Esse povo idólatra não tem o menor pudor em "desejar a mulher do próximo", nem considera a luxúria um pecado. Quando o rei se interessa por uma mulher, mesmo que seja a esposa do irmão, ele diz isso. Para evitar briga, os homens cedem as mulheres para o monarca. Quando este morre e seu corpo é incinerado, os filhos, exceto aquele que herdará o trono, atiram-se na pira funerária para servi-lo na outra vida.

É costume que o herdeiro não toque na fortuna legada por seu pai; ele deve mesmo ampliá-la para não ofender os antepassados. Imagine-se o valor das posses desses monarcas!

O autossacrifício é comum em Maabar por vários motivos. Se alguém comete um ato ilegal, é condenado à morte. Então o réu diz que prefere se suicidar e que o fará em honra a tal ou tal deus. Assim, seus parentes o colocam sobre uma carreta repleta de facas e o conduzem pela cidade, anunciando: "Eis um homem valente! Ele vai se matar por amor a tal ídolo".

Quando chega a um lugar apropriado, o condenado usa as facas e começa a se cortar, gritando: "Morro pelo meu amor a tal ídolo!".

Retalha-se todo, primeiro num braço, depois outro, pelo corpo inteiro até esvair-se em sangue. Alegremente, seus parentes queimam o seu corpo. Se for casado, é costume que as esposas também se atirem ao fogo para morrer com ele. As que fazem isso são muito elogiadas!

Dentre os deuses adorados pelos moradores de Maabar, o mais festejado é o boi, cuja carne não é comida, exceto pelos homens da casta ghavi, que só podem fazê-lo se o animal tiver morte natural. Costumam besuntar o corpo com gordura de boi.

Segundo a lenda, um ancestral da casta ghavi matou são Tomé. Eis a versão da sua morte segundo os indianos: são Tomé andava pelo país convertendo pessoas ao cristianismo. Um dia, retirou-se para uma ermida no bosque para orar. Era um local repleto de pavões. Um caçador atirou uma flecha e acertou o santo, que seguiu orando até dar o último suspiro e morrer.

O local da sua morte é venerado pelos indianos, que peregrinam até essa ermida, mas se recusam a entrar nela. Alegam que a santidade de Tomé é tão grande que impede a presença de meros mortais.

Outra curiosidade que presenciei junto ao povo indiano é que todos se sentam no chão, tanto barões como miseráveis. Dizem que é uma forma de respeito, porque a terra é barro e a ela voltarão.

É uma região extremamente quente, por isso o povo anda nu. Chove apenas três vezes por ano, em junho, julho e agosto. Se não fosse por essa água que refresca o ar, duvido que alguém vivesse nessa terra!

É um povo extremamente supersticioso. Às vezes cancelam uma viagem por causa de um espirro ou do voo de um pássaro que lhes pareça de mau presságio. Acreditam no poder de talismãs e, dentre os produtos com que fazem sortilégios, o mais comum é a crina do boi. Pagam fortunas por uns poucos fios desses pelos! Amarram-nos nos escudos dos soldados, nas montarias, nos trajes dos bebês.

As crianças indianas nascem morenas, mas não tão escuras quanto é o povo adulto. Isso se deve ao hábito de besuntar o corpo uma vez por semana com azeite de sésamo, que escurece a epiderme. Admiram a pele escura: seus deuses são morenos e seus demônios têm a pele alva, o mais branca possível.

5
OS HOMENS SANTOS DA TERRA

NESTA REGIÃO DAS ÍNDIAS encontram-se muitos homens santos ou amantes da filosofia. Há conventos idólatras que hospedam crianças de ambos os sexos, oferecidas pelos pais aos ídolos protetores, por alguma graça alcançada. Essas crianças moram nessas abadias sob a ordem do superior, que organiza belas festas religiosas.

Presenciei algumas delas: as crianças cantam e dançam e levam oferendas aos ídolos. Arma-se uma grande mesa diante do altar do homenageado e todas as iguarias lhe são oferecidas. Moças casadoiras que querem arranjar marido costumam servir os pratos nos templos, durante essas datas festivas.

Na província de Iar (atual Saimour) há um grande contingente de brâmanes, uma das castas indianas que perfaz o tipo mais honesto de mercador que já encontrei. Nunca trapaceiam e são bastante sóbrios em seus costumes pessoais: não comem carne nem bebem vinho, nunca tocam em outra mulher senão a própria esposa. Não matam animais nem cometem atos que considerem pecado.

Os brâmanes são reconhecidos por causa de uma faixa de algodão que passam por debaixo do ombro esquerdo e amarram sobre o direito, enfaixando o peito e as costas. São pessoas longevas, de boa saúde, com ótimos dentes por causa de certa erva que costumam mascar. Além da alimentação sóbria, uma vez por mês tomam uma beberagem que parece o elixir da longevidade, uma mistura de sangue, súlfur e água. Há casos de homens que ultrapassaram os 120 anos de idade!

São muito supersticiosos e acreditam na supremacia do boi como animal protetor, nas mais diversas formas. Às vezes usam na cabeça artefatos com couro de boi como amuleto ou pó de osso de boi numa beberagem, que tomam com tamanha devoção como se fosse, para nós, cristãos, água benta.

Os brâmanes mais fanáticos, os iogues, andam totalmente nus. Quando alguém lhes pergunta o porquê, respondem que vieram ao mundo nus e não se envergonham de mostrar mais uma parte do corpo do que outra, que nós é que nos cobrimos porque somos maliciosos. Acreditam que não se deve matar nunca, nem mesmo animais tão perniciosos como pulgas ou piolhos. Preferem morrer a pecar e jejuam o ano inteiro, passando só a pão e água.

Em seus presbitérios, esses monges iogues pregam a castidade absoluta. Às vezes os superiores enviam moças aos templos para tentar os noviços. Se percebem que a natureza de algum deles se alterou com a presença das mulheres, julgam que este não é suficientemente puro para servir no templo e o dispensam, por não quererem homens luxuriosos como sacerdotes.

Incineram os mortos e assim justificam o ato: não querem ser causadores da morte dos vermes que se criam na decomposição dos corpos. Não tendo mais com que se alimentar, esses vermes morreriam e, como para eles tudo tem alma, também o defunto ficaria em pecado por causar a morte dos vermes e sofreria muito no outro mundo.

Contrapondo-se a costumes tão sóbrios e castos, o povo da província de Coilu (Quillon) deve ser um dos mais luxuriosos do mundo. São bem morenos e andam praticamente nus, com exceção de uma tanga alvíssima nos genitais. Caso morra o pai e deixe viúvas, seus filhos não hesitam em se casar com as madrastas. Casam-se também com primas e cunhadas, quando ocorre a morte de um irmão.

Em Eli há um dos povos mais larápios do mundo. Não consideram o furto um pecado (aliás, essa crença é constante em boa parte das províncias da Índia) e todo navio que costeia o reino de Eli é assaltado. Não existem portos na província, mas a foz da praia principal permite a atracação de navios.

Os barcos de Mangi, que navegam essa costa durante o verão, costumam ficar pouquíssimo tempo em Eli: eles zarpam tão logo comercializem o gengibre e a pimenta (são os melhores produtores da região).

6
REDUTOS DE CORSÁRIOS

CONHECI ALGUNS LUGARES bem peculiares, como o reino de Melibar (na costa de Maabar), Gufarat, Tana, Cambaet, Chesmacora. O que me chamou atenção foi a quantidade de portos de onde zarpavam navios corsários!

Em Gufarat há um bem montado porto corsário. Todos os dias saem cem barcos e os piratas levam consigo as mulheres e os filhos. No verão percorrem os mares, capturando os barcos mercantes. Sabendo dessa atividade, é costume que os comerciantes tentem montar comboios de navios.

Raramente os piratas matam alguém, querem apenas as mercadorias. Após os assaltos, dizem: "Vão, vão embora, busquem mais coisas para nós". Não se pense com isso que sejam tão bondosos, porque podem ser um bocado maliciosos. Ao dominar um navio, obrigam todos a beber suco de tamarindo, que solta o intestino. Assim os piratas podem examinar as fezes dos vencidos e ver se alguém engoliu pérolas ou outro objeto precioso.

De Gufarat seguimos para Tana, que também é um grande reino e muito parecido com o anterior. Tem um rei próprio e não paga taxas a ninguém. Não é terra de especiarias, mas de incenso escuro, algodão e louça. Há muitos corsários em Tana e os que saem daqui estão a serviço de seu rei, que tem um trato com eles: devem legar ao monarca todos os cavalos pilhados nos navios. O resto das mercadorias pode ficar para eles.

Em Cambaer não encontrei piratas, mas um povo ordeiro que comercializa com arte. Em Chesmacora presenciei grande tráfego de mercadorias. De Maabar para cá, essa é a melhor parte da Índia Maior. Como os anteriores, é um reino que fica sobre as costas do mar. O povo é bem nutrido e há grande variedade de alimentos, mas a preferência é por arroz, carne e leite.

7 ALGUMAS ILHAS AO LONGO DA ÍNDIA

QUERO FALAR AGORA sobre algumas ilhas que vi nesses mares. Uma que muito me impressionou foi Malle, que fica quinhentas milhas mar afora, em frente de Chesmacora. Sua população é cristã, batizada, e respeita as leis do Velho Testamento, principalmente a que diz que não se deve tocar em mulher grávida, até quarenta dias após o parto. Em Malle não vive mulher alguma, elas habitam a vizinha ilha Femelle, distante umas trinta milhas. Os homens as procuram nessa ilha e vivem lá por uns três meses, retornando depois para Malle. Os filhos ficam com as mães até a idade de catorze anos, então seguem os pais. As meninas ficam com as mães pela vida toda.

São ótimos pescadores e mantêm fartos estoques de peixe seco, que misturam ao arroz. Nessas ilhas existe também o âmbar, fino e bonito. Não há um senhor das ilhas, apenas um bispo que responde ao arcebispado de Scara.

Scara (ilha de Socrata) também tem um bispo como líder espiritual e temporal, mas esse religioso não responde ao papa, e sim ao arcebispo de Baudac (Bagdá), que envia muitos párocos para essas terras longínquas, como faz nosso papa de Roma.

Os habitantes são cristãos batizados e andam basicamente nus. Há um forte comércio em Scara, até porque o âmbar é a maior fonte de renda. Fabricam também belos panos de catalufa e há uma próspera indústria de peixe seco salgado. Junto com arroz,resulta em um prato bem saboroso.

A cem milhas de Scara fica Madagascar. Os habitantes são sarracenos, adoradores de Maomé. Talvez seja a maior ilha do mundo, com perímetro de 4 mil milhas. Certamente concentra a maior população de elefantes do mundo; em parte alguma se compram e vendem tantos elefantes como aqui e na ilha de Zanzibar. As florestas são imensas, com gigantescas árvores de sândalo-vermelho. Há leões e outros animais, que fornecem boa caça. A quantidade de aves é grande, algumas bem diferentes das nossas.

Muitos navios fazem escala em Madagascar, apesar das dificuldades oferecidas pela correnteza marítima, que desgarra os barcos para o sul. É por isso que um navio que sai de Manaar leva vinte dias para chegar e três meses para retornar!

Muitos viajantes contam que há aqui um pássaro lendário, imenso, metade ave metade leão, que se alimenta de elefantes. É tão gigantesco que agarra um paquiderme nas patas e voa com ele. De repente, atira o elefante contra as pedras, para que se espatife. Creio que é um grifo, mas não consegui ver nenhum desses animais, só descrevo o que me contaram.

Zanzibar foi nossa próxima ilha, com 2 mil milhas de perímetro. Os habitantes são grandes e gordos, assemelham-se a gigantes, de tão musculosos. Chegam a carregar peso que seria adequado para quatro homens comuns. Não é de admirar que cada um coma a ração de cinco homens!

O povo de Zanzibar tem pele negra e anda nu, cobrindo apenas as partes. Os cabelos são encarapinhados, as bocas grandes de lábios grossos, narinas enormes e espessas. Em terra cristã seriam considerados diabos. Posso afirmar com certeza que essa é a terra das mulheres mais feias do mundo. Têm bocas enormes, narizes curtos e grossos, mãos quatro vezes maiores que o tamanho normal.

O comércio é intenso, principalmente por causa do âmbar e do marfim. A maioria do povo se dedica à caça dos elefantes, porém há grandes criações de carneiros e ovelhas, inclusive de uma raça original, de cabeça preta e corpo branco. Há em toda a ilha belas girafas.

Os homens são valentes guerreiros e não temem a morte. Como não possuem cavalos, partem para a batalha montados em camelos e elefantes, sobre os quais colocam palanquins onde cabem até vinte homens.

Haveria muito o que contar sobre ilhas menores, mas repetiria algumas informações básicas. É melhor seguirmos viagem para o continente.

8
UM REI DA ABISSÍNIA E OUTRO DE ÁDEN

ABASCE (ABISSÍNIA) É UMA ENORME província que forma a Índia Média. Há animais nativos de grande beleza, como girafas e avestruzes do tamanho de um asno, além de estranhas galinhas grandes e formosas. Há muitos gatos e macacos soltos por todo lado e bandos de elefantes pelas ruas, mas importados de outras regiões, não são nativos daqui.

A maioria do povo é cristã e se alimenta de carne, arroz e leite. O rei mais poderoso também é cristão e, entre os outros seis reis, há três muçulmanos e três cristãos.

A convivência das religiões no território forma uma paz precária, como se vê pela história que ocorreu em 1288.

O rei cristão queria fazer uma peregrinação à Terra Santa, mas para isso teria de atravessar a província de Áden, sob domínio de um sultão sarraceno inimigo de Abasce. Os conselheiros impediram a viagem real e sugeriram ao rei enviar um bispo em seu lugar. O homem seguiu com grande séquito para o Santo Sepulcro e no retorno foi interceptado pelo sultão, que exigia que o bispo se convertesse à fé islâmica.

O bispo disse que era impossível mudar a sua fé e recebeu uma terrível punição: teve o rosto marcado com ferro em brasa, à moda dos sarracenos. Aqui, no batismo as crianças cristãs recebam uma marca na testa e nas faces; já os sarracenos se tatuam com uma marca que vai da testa até metade do nariz.

Foi o que fizeram com o infeliz emissário do rei de Abasce. Quando o monarca viu o bispo, enfureceu-se e declarou guerra a Áden. Após uma batalha terrível, os cristãos venceram e arrasaram as cidades muçulmanas.

O camelo é o animal mais utilizado nessas regiões desérticas. Sobre seu lombo seguem as especiarias, tâmaras e incenso. O peixe seco é o alimento mais abundante. É utilizado mesmo como ração animal, visto que a terra é tão estéril que não vinga sequer um fio de grama.

Visitei as cidades de Escier (hoje Shihr), Dufar (Zafar), Calatu (Kalhat, na península Arábica), Curmos (Ormuz, no golfo Pérsico), e em todas presenciei um forte comércio. É uma região muito quente, a tal ponto que, se não fosse pelas torres de ventilação das casas, morreríamos sufocados.

9
A PRINCESA DA TURQUIA E O PRÍNCIPE PERSA

A TURQUIA (O ATUAL TURQUISTÃO) é governada pelo sobrinho do Grande Khan, de nome Caidu. Já houve uma guerra entre eles, porque Caidu queria as terras de Catai e dos mangis e não se submetia ao poder do tio. Hoje há uma paz precária, até porque Caidu tem um exército poderoso de 100 mil cavaleiros e muitas vezes venceu os barões do Grande Khan.

Há uma história curiosa a respeito desse rei e de sua filha Aigiarne, que em nosso idioma significa "luzente lua". A moça é fortíssima e se recusava a casar, dizendo que só se submeteria a um homem que a vencesse em provas de força. Se fosse vencida, aceitava o marido; se o derrotasse, exigia dele cem cavalos.

O rei aceitou o desafio da filha e proclamou em todo o reino que daria a mão de Aigiarne a esse fortíssimo pretendente. A moça enfrentou inúmeros guerreiros e tanto os venceu que em pouco tempo reunia uma manada de 10 mil cavalos.

Em 1280 um príncipe, filho do rei de Pumar, apresentou-se diante da corte de Caidu para tentar o desafio. Era um moço tão belo, tão vigoroso que o rei desejou intimamente a sua vitória. Tentou convencer Algiarne a ceder, mas ela disse que só o aceitaria se ele cumprisse as provas.

Infelizmente, o belo príncipe perdeu e a destemida gigante continua solteira, acompanhando seu pai nas guerras. É uma filha leal e, exceto no que se refere a casamento, nunca desobedeceu às ordens do pai e general.

Ainda bem que Caidu conta com tão valorosos guerreiros, porque enfrentou muitas batalhas. Uma delas aconteceu contra Abaka-Khan, rei da Pérsia, cujas terras são fronteiriças às de Caidu.

Durante a guerra, Abaka-Khan enviou seu filho Argo como general das tropas. Argo infringiu terrível derrota a Caidu e se preparava para voltar ao reino, quando o pai faleceu.

O irmão de Abaka-Khan, de nome Abaga, era um sultão ambicioso e tomou posse da coroa antes do sobrinho, proclamando-se herdeiro do trono. Ele cedeu muitas terras aos barões, para lhes conseguir o apoio. Argo tentou uma saída diplomática, mas o tio lhe enviou a mensagem com o seguinte teor: "Eu o respeito como sobrinho e acredito que parte desta terra lhe pertence, porém o título real é meu. Se quiser reinar em parte do reino sob minha dependência, tudo bem. Senão, partiremos para as armas".

Argo não aceitou o acordo e a guerra civil teve início. Foi longa e cruenta; ao final, muitos barões arrependeram-se do apoio concedido a Abaga e reconduziram Argo ao trono. Isso aconteceu no ano de 1285, mas Argo reinou apenas seis anos, porque foi envenenado.

10
AS DISTANTES PROVÍNCIAS DAS ESTEPES RUSSAS

O DOMÍNIO TÁRTARO se estende por uma imensidão de terras, alcançando até o norte mais distante, na Sibéria. É uma região gélida e terrível, sob o reinado de Canci, que é parente do Khan.

O povo dessa região é de uma raça avantajada, porque se alimenta basicamente de carne e leite de jumenta, pois não possui cereais. Vive em harmonia com os vizinhos e tem uma religião primitiva: adora um deus feito de feltro, de nome Fattigai. Esse deus, junto com sua esposa, também de feltro, recebe alimentos e homenagens para proteger os bens temporais dos tártaros do norte.

Os animais nativos são o urso-branco, alguns imensos, medindo mais de vinte palmos, as raposas-negras, o burro selvagem e o arminho, cuja pele é muito valorizada. Um casaco de arminho chega a custar mil bisantes! Nas montanhas existem ótimos caçadores, que usam engenhosas armadilhas para aprisionar esses animais de pele tão valiosa.

É um reino onde os cavalos não podem passar, devido às enormes geleiras e ao péssimo estado das estradas. É comum o correio utilizar cães amestrados, que vão de um pouso a outro conduzindo trenós, que correm sobre a neve e o gelo.

Seguindo sempre para o norte, chegamos a um lugar chamado Vale da Escuridão (região da Sibéria Ártica), um nome bem apropriado, porque nesse lugar não se veem nem sol, nem lua, nem estrelas. É sempre noite aqui, e das mais fechadas.

Às vezes os tártaros vão ali montados em jumentas com seus potrinhos. Deixam os potros na fronteira de Escuridão e adentram o território para saquear tudo o que puderem; na hora de voltar, soltam as jumentas e as seguem. Movidas pelo instinto materno, as fêmeas conseguem localizar suas crias e assim conduzem seus donos para um retorno seguro. É uma maneira bem engenhosa de escapar dessa armadilha da natureza!

Da Sibéria chegamos a uma enorme província do norte, a Rússia. Seus habitantes são cristãos do rito grego. O território está dividido entre diversos reis. Falam um idioma próprio e pagam pequenas taxas a um rei tártaro.

É bastante difícil chegar à Rússia, pois os caminhos são estreitos e o frio é intenso. Não é um povo comerciante, a maior mercadoria de troca são as belíssimas peles de que já falei. A população é bonita, homens e mulheres de pele alva e cabelos loiros. Vivem de modo muito simples.

Da Rússia seguimos para Lacca (Polônia), que também é fria e tem pouco potencial comercial para os emissários do Khan.

11
O RETORNO DOS POLO A VENEZA

FORAM 27 ANOS DE SERVIÇO leal ao Grande Khan. Eu, Marco Polo, meu pai Niccòlo e meu tio Matteo estávamos cansados. Queríamos retornar ao convívio dos nossos, em terras italianas. Mas a corte do Khan se acostumara a ouvir meus relatos pitorescos e os conselheiros confiavam em nosso bom-senso como embaixadores nas províncias e protelavam nossa viagem.

Na verdade, foi por um motivo fortuito e casual que pudemos retornar: a missão de conduzir uma esposa até o rei da Pérsia.

A rainha Bolgara, esposa de Arcon, da Pérsia, faleceu. Por testamento havia a cláusula de que o monarca só contrairia novas núpcias com alguém da mesma casa real. Acontece que Bolgara era da família do Khan e os emissários de Arcon estavam em Catai exatamente no momento em que nós, os Polo, retornávamos de uma missão na Sibéria.

Seria uma boa oportunidade de prestarmos um último favor ao Khan: escoltarmos a nova esposa de Arcon, de nome Caciese, até seu reino. E dali seguiríamos um tortuoso caminho para alcançar Veneza.

A comitiva foi imensa! Tinha mais de seiscentas pessoas. Kublai Khan, que estava então com mais de oitenta anos, despediu-se de nós com muita tristeza, mas nos deu catorze navios com mercadorias e riquezas, como forma de pagamento por toda nossa dedicação, além de duas plaquetas de ouro como salvo-conduto pelas terras mongóis.

Levamos dois anos para chegar até a Pérsia e nessa ocasião o rei Arcon estava morto. O sucessor, Acatu, aceitou a esposa e nos entregou novas plaquetas para facilitar a viagem até Constantinopla.

Infelizmente, na região de Trebizonda (atual Turquia), fomos roubados em muito do que levávamos. Após muitas dificuldades, no ano da graça de 1295 chegamos a Veneza.

Como explicar a emoção que sentimos? Como contar tantas aventuras e convencer a todos de que éramos mesmo nós, quase trinta anos depois de partirmos de Veneza, e de que voltávamos com um tesouro em espécies e mercadorias, e outro tesouro maior em aventuras e lembranças?

As pessoas acreditavam que estávamos mortos... e nos ouviam estarrecidas.

Ironicamente, poucos meses depois de meu retorno, fui feito prisioneiro dos genoveses. Mas acredito que a Deus agradava a minha volta, para que pudesse relatar as coisas maravilhosas que existem pelo mundo afora, porque dividi uma cela com o escritor Rusticiano de Pisa.

Esse escritor me ouviu atentamente e registrou essas *Viagens de Marco Polo* ou *Il millione*, nome fantasioso com que o povo alcunhou minha história, por imaginar que há um excesso de maravilhas em quantidade tão milionária!

Afirmo, porém, desde o primeiro capítulo deste livro, que ainda não existiu homem algum, cristão, sarraceno ou pagão, que conseguisse ver tantas coisas e lugares do mundo como eu, Marco, filho de Messer Niccòlo Polo e cidadão da grande Veneza.

Pela graça de Deus, amém.

A ILHA DO TESOURO

Robert Louis Stevenson

Adaptação de Marcia Kupstas

ROBERT LOUIS STEVENSON.

Escocês, nasceu em Edimburgo em 1850 e faleceu em Samoa, em 1894. Filho de um engenheiro e de uma pastora da Igreja Puritana, seus pais eram pessoas conceituadas em suas áreas e quiseram que o filho seguisse uma dessas carreiras.

Robert tentou corresponder a esse ideal e, em 1866, ingressou na Faculdade de Engenharia de Edimburgo, mas seu interesse real era pela literatura. Desde os 20 anos de idade, escrevia contos e novelas para revistas e jornais ingleses. Sua saúde frágil (sofria de tuberculose) o levou a viajar para inúmeras partes do mundo, e finalmente parece ter encontrado o lugar ideal nas ilhas dos mares do Sul. Visitou os Estados Unidos mais de uma vez, conheceu diversos países europeus e muitas ilhas do Pacífico. Foi escritor prolífico: publicou contos, ensaios, romances e peças teatrais. Entre essa vasta obra, estão dois clássicos imortais da literatura popular: A ilha do tesouro *e* O médico e o monstro.

A primeira redação de O médico e o monstro *foi feita num surto febril de produção, em apenas três dias. A história horrorizou sua esposa de tal modo que Stevenson queimou o original; arrependeu-se e reescreveu a nova versão, em outros três dias. O livro foi publicado em 1886 e seduziu o público.*

A ilha do tesouro *é anterior, um romance exemplar de aventuras publicado como folhetim entre 1881 e 1882 com outro título e lançado, já com esse nome, em 1883. Tornou-se não só um ícone de aventura de piratas, como um dos melhores exemplos da literatura juvenil.*

Talvez a viagem aventurosa do Hispaniola *e a sedução de uma ilha tropical, em* A ilha do tesouro, *pressagiassem o futuro destino de Robert Louis Stevenson. Com a morte do pai, em 1887, o escritor retomou suas viagens. Tratou sua tuberculose nos Estados Unidos e, em 1888, partiu num veleiro por diversos arquipélagos do Pacífico Sul, junto com a esposa e o enteado.*

Apaixonado pela paisagem paradisíaca, estabeleceu-se definitivamente numa das ilhas Samoa, em 1889. Foi ali que faleceu cinco anos depois. Foi uma morte prematura — ele estava com 44 anos —, mas Stevenson já havia inscrito seu nome na galeria de escritores fundamentais para a literatura universal.

PARTE 1: O MAPA

1
UM PIRATA NO ALMIRANTE

PROMETI A MEUS AMIGOS que escreveria tudo o que nos aconteceu, sem mentir ou esconder os fatos, exceto no que diz respeito à localização da ilha. Afinal, ali ainda existe um tesouro a ser encontrado!

Peguei então a pena e retornei muitos anos, na época em que era um garoto e meu pai, o proprietário da estalagem Almirante Benbow. Lembro como se fosse ontem do dia em que tudo começou, com a chegada de um hóspede muito peculiar.

Era um homem alto e moreno, forte e pesado. Usava um ensebado rabicho caindo sobre o capote azul, cheio de manchas; suas mãos eram calosas e cobertas de cicatrizes; a face, um traço lívido. Arrastava lentamente um baú de marujo e bateu à porta com uma espécie de bengala:

— Traga-me um copo de rum! — exigiu.

Enquanto bebia devagar, fixou os olhos na paisagem de rochedos:

— É uma linda baía! Anda muita gente por aqui?

Tristemente, papai disse que não, que pouca gente visitava nossa região. Isso animou o cliente, que tirou quatro moedas de ouro do bolso e exclamou:

— É o que me convém! Ficarei aqui por algum tempo. Sou homem fácil de contentar. Um naco de presunto com ovos, copos de rum, um penhasco de onde possa ver os navios e tudo bem. Como irá me chamar, hem? Pode me chamar de "Capitão". —Apontou para as moedas e disse:— Quando tiver gasto isso em comida e bebida, avise.

E assim o Capitão entrou em nossas vidas. Ele merecia o apelido porque, apesar do estado das roupas e de sua linguagem rude, estava mais para um oficial do que para um marujo de navio. Gostava do mar, cotidianamente rondava a enseada com uma luneta de latão, falava pouco e bebia muito.

Todos os dias, ao voltar de seu passeio, perguntava se alguém vira marinheiros estranhos. De início, pensamos que desejava isto: o convívio com os seus. Depois, descobrimos que era o contrário. O Capitão parecia evitar o povo do mar. Nas raras ocasiões em que um marujo apareceu no Almirante Benbow, nosso hóspede ocultou-se atrás das cortinas e só apareceu no salão quando necessário, falando o mínimo.

Para mim, sua preocupação com os desconhecidos era vantajosa. Prometeu-me um pagamento mensal de algumas moedas se eu o alertasse a respeito de "um marinheiro de uma perna só". Jurei que ficaria atento e todo mês recebia meu salário.

Lembro que a ideia desse marinheiro perneta me era profundamente perturbadora. Quantas vezes sonhei com ele! Eu o via com a perna ora cortada na altura da coxa, ora rente ao pé; às vezes seu rosto era uma careta horrenda ou então era a de um monstro que vivia me perseguindo em pesadelos.

Pesadelos cada vez mais reais, infelizmente, quem os tinha era papai. Mesmo depois que a despesa do homem superara havia muito as moedas do primeiro dia, ele evitava cobrar, porque o Capitão era um hóspede terrível! Embebedava-se todos os dias e obrigava os poucos clientes a beberem com ele. Contava coisas espantosas, sobre tempestades no mar, enforcamentos, castigos escabrosos, vilões de crueldade indescritível. Aterrorizava a todos, ainda mais quando cantava com voz esganiçada:

Quinze homens no caixão do morto...
Io-ho-ho, e uma garrafa de rum!
A bebida e o diabo levaram os outros...
Io-ho-ho, e uma garrafa de rum!

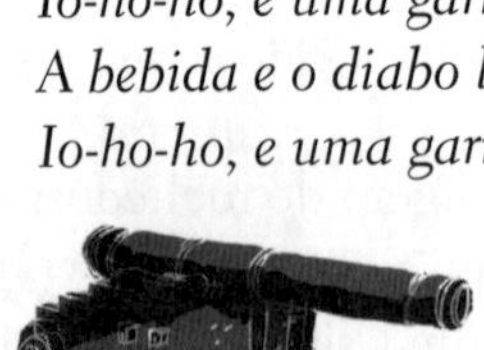

2
DR. LIVESEY

SÓ UMA VEZ ENCONTREI quem enfrentasse o Capitão. Foi num dia já próximo do fim de meu pai, quando o dr. Livesey fez uma visita ao doente e ficou na taberna para jantar. Naquela noite, o Capitão estava especialmente bêbado e desfiou sua canção conhecida. Depois, bateu com o canecão sobre a mesa, exigindo silêncio.

O dr. Livesey conversava com um cliente a respeito de seu reumatismo e não parou de falar. O Capitão lhe lançou um olhar fulminante e de novo esmurrou a mesa:

— Silêncio, aí no convés! — gritou.

— É comigo, cavalheiro? — perguntou o médico e prosseguiu, diante do gesto afirmativo do Capitão. — Dou-lhe um conselho, senhor. Se continuar a beber rum dessa maneira, garanto que em breve o mundo se verá livre de um verdadeiro e imundo canalha!

A fúria do Capitão foi terrível! Ele sacou uma navalha de entre suas roupas e ameaçou o doutor.

O médico nem se mexeu. Continuou a falar com o mesmo tom de voz, e foi ouvido por toda a clientela da taberna:

— Se não recolher imediatamente sua navalha, dou minha palavra de honra que na próxima audiência do tribunal farei com que seja enforcado. Além de médico, saiba que sou o juiz desta comarca.

Para minha surpresa, o Capitão obedeceu. E daquela noite em diante passou a manter um respeitoso silêncio, com ou sem a presença do médico em nosso estabelecimento.

Não foi a última vez que o Capitão e o dr. Livesey se encontraram. E o encontro seguinte se deu num momento em que as coisas ficaram bem sérias para nosso hóspede.

Para encurtar o caso, surgiu certo dia um homem na estalagem, procurando por um velho marinheiro, "seu amigo". O Capitão arrepiou-se ao vê-lo e o chamou de "Cão Negro". Conversaram aos cochichos, depois as vozes aumentaram, e, quando ouvi os gritos, corri a acudir. Cheguei ao salão a tempo de ver Cão Negro fugindo estabanado da estalagem, com o Capitão às suas costas, de sabre em punho.

— Ah! — berrou o Capitão, botando a mão no peito antes de cair. – Ajude-me, Jim!

Para minha sorte, o dr. Livesey chegou nesse instante, em seu horário de visita a meu pai. Contei-lhe sobre a luta e perguntei se o Capitão estava muito ferido.

— Ferido? Como você ou eu — ironizou o doutor.— Teve um ataque apoplético por excesso de rum, como previ. Tem medo de sangue, meu jovem?

Ajudei o médico a despir o enfermo. Vimos várias tatuagens nos braços, "boa sorte", "bons ventos", "Billy Bones ri de tudo". O médico procurou uma veia e lhe fez uma sangria. Aos poucos, o rosto do Capitão ganhou alguma cor, e ele abriu os olhos.

— Onde está o Cão Negro? — resmungou.

— O único cão que existe aqui é você — disse o médico. — Agora, senhor Bones...

— Esse não é meu nome.

— Tanto faz — comentou o doutor. — É o nome de um pirata conhecido e, seja esse o seu nome ou não, posso garantir que será um homem morto se não parar de beber. Ajude-me, Jim, a levá-lo para o quarto.

3
DUAS MORTES NO ALMIRANTE

NOS DIAS SEGUINTES, infelizmente meu pai piorou muito e por isso demos pouca atenção ao Capitão. Apenas uma vez consegui me aproximar dele e ouvi um estranho pedido:

— Jim, lembra-se daquele homem?

— O Cão Negro? — perguntei.

— Sim, ele mesmo. É um bicho ruim, mas não é o pior de todos. Eles devem voltar, querem o meu baú. Vão me dar a marca negra... Prometa, rapaz, se isso acontecer, não deixe que peguem o baú. Procure por... pelo médico! Ele não é juiz, magistrado, alguma coisa assim? Conte que eu, Billy Bones, fui o imediato do velho Flint. Que eu conheço o lugar, o velho Flint me deu o mapa antes de morrer. Entendeu? Se você vir o Cão Negro ou o marinheiro de uma perna só, jure que fará isso.

Dei minha palavra e não pensei mais no assunto, porque tivemos algo bem mais sério com que nos preocupar: a inesperada morte de papai.

Um dia depois de seu enterro, os acontecimentos se precipitaram, com a chegada de um mendigo cego. Estava à frente da estalagem e o vi chegar, tateando pelo caminho com a bengala. Parou diante da taberna e pediu minha ajuda. Eu lhe estendi o braço. Para quê! Imediatamente o cego me agarrou e ameaçou:

— Leve-me até o Capitão.

— Oh, senhor! — gemi. — Não me atrevo a fazer isso, ele está muito doente.

— Pois faça isso agora mesmo ou eu quebro o seu braço, moleque!

O cego me apertou com tamanha força que não tive alternativa a não ser conduzi-lo até o quarto do Capitão. Quando entramos, o enfermo empalideceu de tal modo que imaginei ser o seu fim.

— Negócios são negócios, Bill — disse o cego, e depois se voltou para mim: — Conduza minha mão até a mão do Capitão.

Fiz o que ele ordenou e vi um papel passar dos dedos do cego para os de nosso hóspede. Depois, o cego ganhou inesperada agilidade, voou pela escada e o vi, pela janela, fugindo para a parte desabitada da baía.

— Pelos demônios, era o que eu esperava! — O Capitão exibiu um papel amarrotado, onde estava escrito "O PRAZO É ATÉ DEZ DA NOITE". — Ainda há tempo, não são nem seis horas...

Saiu da cama, vestiu as calças e nem sei como desceu as escadas. No meio do salão, ele cambaleou... Tentei ajudá-lo, mas era tarde para qualquer tipo de ajuda. Billy Bones caiu morto no chão.

Não gostava dele, eu o temia, mas era a segunda morte que presenciava, quando a primeira ainda estava tão viva em meu coração. Comecei a chorar.

Contei tudo a mamãe, arrependido de não ter feito isso antes. Principalmente meu juramento de avisar o magistrado se o Capitão recebesse uma ameaça.

— Então também corremos perigo, Jim — ela falou. — Quando esses homens voltarem, podem nos matar!

Resolvemos pedir ajuda na aldeia, que ficava a poucos metros da estalagem, mas do outro lado da baía — por sorte, na direção oposta da fuga do cego.

Vimos luzes acesas e batemos às portas. Ouvir, nossos vizinhos ouviram, mas o nome "capitão Flint" despertou terror em todos. Alguém lembrou de ter visto gente mal-encarada pelos rochedos; outro mencionou "um barco ancorado, talvez pirata" em uma praia próxima. E ninguém se dispôs a nos acompanhar de volta à estalagem. Afinal, um rapaz concordou em avisar o dr. Livesey e mamãe tomou uma corajosa decisão:

— Jim, vamos voltar ao Almirante. Aquele homem nos devia. E, se tem dinheiro no baú, por justiça é nosso.

4
FUGINDO DO PERIGO

O RETORNO FOI TENSO. Qualquer ruído na praia ou nos recifes deixava nossos corações aos pulos, mas não vimos vivalma. A estalagem continuava silenciosa e escura, com o cadáver do Capitão caído no salão.

Mamãe pediu minha ajuda e revistamos o corpo. Foi uma tarefa ingrata. Tudo o que encontrei nos bolsos foi um isqueiro, tabaco e algumas moedas. Tentei afastar a repugnância e abri sua camisa. Ao redor do pescoço havia uma chave presa em um barbante. Arranquei-a e subimos ao quarto.

Paramos diante do baú. Do lado de fora, pouco diferia da bagagem de um marujo: couro curtido e gasto pelo uso, a inicial "B" marcada a fogo, um cadeado enferrujado que rangeu quando usamos a chave. De dentro veio um bafio pesado de tabaco e alcatrão. Sobre tudo, havia um terno completo de boa qualidade, como disse mamãe, "que nunca teve uso"; um copo de estanho, vários rolos de tabaco, duas lindas pistolas, um velho relógio e curiosas conchas das Antilhas. Imaginei quanta distância essas conchas percorreram e por qual motivo o velho pirata as carregou pela vida afora... Por fim, debaixo de um surrado capote de marinheiro, um rolo de papel amarrado com cordão de couro e um saco que, ao ser chacoalhado, tilintou.

— Vou mostrar a esses canalhas que sou uma mulher honesta — disse mamãe, esvaziando o saco no chão. — Pegarei só o que ele nos devia.

Moedas e moedas espalharam-se por todo lado. Eram dobrões espanhóis, luíses de ouro, peças cunhadas com letras exóticas... Infelizmente os guinéus — único dinheiro inglês reconhecível por nós — eram escassos.

Súbito, um ruído. Segurei no braço de mamãe, meu coração parado de terror. Tinha certeza: eram as batidas da bengala do cego tateando na estrada gelada. O som se aproximou mais até alguém chacoalhar violentamente a porta. O ferrolho suportou o tranco e gemi... Só o fato de a porta estar trancada aumentaria as suspeitas. Implorei:

—Pegue qualquer coisa, mamãe, e vamos logo embora!

Mamãe cedeu a meus apelos e pegou só "o que já havia contado". Eu meti outro punhado de moedas ao acaso nos bolsos e, tomado por súbita inspiração, também agarrei o rolo de documentos. Corremos escada abaixo.

A noite estava escura e fria. Demos uns passos em direção à aldeia quando percebemos a rápida aproximação de uns homens, gritando alvoroçados. Um deles carregava uma lanterna.

— Meu filho — mamãe murmurou —, pegue o dinheiro e fuja. Sinto que vou desmaiar.

Pensei que era nosso fim. Amaldiçoei a covardia de nossos vizinhos, censurei a honestidade de mamãe, que nos atrasou, sua debilidade naquele instante e, com esforço, consegui arrastá-la até a ponte que unia nossa estalagem à praia. Era um lugar tão apertado que metade de seu corpo ficou desprotegido.

Chegaram sete ou oito homens, seus passos batendo na madeira da ponte, acima de nossas cabeças. De certa forma, minha curiosidade foi maior do que meu medo; estavam tão próximos que podia ouvi-los muito bem. E prestei atenção.

O mendigo cego berrou:

— Arrombem a porta!

Dois ou três obedeceram e a porta do Almirante Benbow veio abaixo. O marujo com a lanterna invadiu nossa casa, seguido por outros. Ouvimos ruídos de coisas se quebrando, e uma voz anunciou:

— Bill está morto!

— Vá atrás do baú! — ordenou o cego. — Tragam o baú aqui!

Passos pela escada, outros sons de quebra-quebra... Afinal o baú foi colocado ali, na frente da estalagem, aos pés do cego.

— O que tem aí dentro, estúpidos? — perguntou o cego, distribuindo bengaladas a torto e direito. — Falem! Quero os papéis do Flint!

— Não há papel algum, Pew — disse um marujo alto. — O baú está revirado de cabo a rabo. Alguém veio antes de nós. Vai ver foi o pessoal da estalagem...

— Maldição! Deve ter sido o garoto... Ah, por que não quebrei o braço dele? Não pode estar longe! — berrou. — Procurem por ele! Botem a casa abaixo, mas achem esse menino! Achem o mapa!

Uma terrível algazarra tomou conta da nossa velha estalagem. Os homens corriam de cima a baixo. A luz da lanterna cortou a noite e por pouco não nos iluminou em cheio!

Foi nesse momento que se ouviu um assobio. Os homens pararam, atentos. Um deles, que achei parecido com Cão Negro, disse:

— É o Dirk. Avisa que vem gente... temos de ir embora!

— Covardes! – gritou Pew, distribuindo bengaladas. — Têm uma fortuna ao alcance das mãos e querem fugir feito galinhas... Ah, se eu tivesse meus olhos, enfrentaria o demônio pelo mapa do Flint! Um tesouro de 700 mil libras!

Nesse instante ouviu-se um tropel de cavalos. Os piratas debandaram, deixando o cego sozinho na estrada. Pew tentou seguir os colegas, mas errou a direção... e foi direto de encontro aos cavaleiros.

— Aaaaaaaaaah! —O cego rolou pela encosta, pisoteado pelo cavalo da dianteira.

— Parem! — gritou o condutor. — Vejam se o homem está ferido.

— Está morto! — disse alguém, que desmontou para acudir o atropelado.

Nesse momento eu o reconheci: era o rapaz da aldeia, que fora avisar o dr. Livesey. No caminho, teve a sorte de topar com os guardas do inspetor Dance, que investigavam a denúncia sobre um barco pirata atracado em nosso condado.

Saí de meu esconderijo e me apresentei ao inspetor. Pedi ajuda para mamãe e, depois que ela acordou, todos voltamos à estalagem. Estava em ruínas! Nem sequer o relógio de carrilhão se salvara da fúria dos piratas. Mamãe exibiu as moedas que tiramos do baú.

— Então era isso que os malditos queriam? O ouro do Capitão? — perguntou Dance.

— Não creio, senhor — respondi. — Na verdade, acho que procuravam por outra coisa... que está aqui no meu bolso.

Mostrei o rolo de papéis e contei apenas parte da história; dei destaque ao pedido de Capitão — de procurar pelo magistrado em caso de ataque.

— Está certo — concluiu o inspetor. — Tenho mesmo de procurar pelo doutor Livesey, para comunicar a morte desse famigerado Pew. Você pode vir comigo, Jim.

5
NO CASTELO DO LORDE

ENCONTRAMOS O DR. LIVESEY na residência de lorde Trelawney. Fomos rapidamente conduzidos para dentro do castelo; o doutor e o fidalgo nos receberam no salão principal.

Era a primeira vez que me encontrava com o ilustre nobre da nossa região. Lorde Trelawney era alto, tinha quase dois metros, um corpo bem-proporcionado, a pele bronzeada por longas viagens e as feições rudes e francas. Recebeu-nos com cordialidade:

— Boa noite, inspetor. Sejam bem-vindos. Você também, meu jovem. O que os traz aqui?

O inspetor fez um resumo de toda a aventura. Os homens o ouviram em silêncio, tomados pelo interesse. Até se esqueceram de fumar! Quando o sr. Dance contou que mamãe voltara comigo à estalagem para pegar seu dinheiro, lorde Trelawney exclamou "Bravo!", e foram essas as únicas palavras que interromperam a narrativa.

— Prezado inspetor — disse o lorde —, o senhor é um homem digno. Quer tomar uma bebida? Devemos brindar ao acontecido. Atropelar esse pirata foi um ato de justiça, livrou-nos de um monstro.

O lorde chamou o criado, que trouxe cerveja para o inspetor e um jantar para mim. Devorei a comida, morto de fome. Afinal, o inspetor despediu-se e seguiu seu caminho. O dr. Livesey me dirigiu a palavra:

— Então, Jim, você ainda guarda os papéis que tanto alvoroço trouxeram à sua casa?

— Sim, senhor. Estão aqui comigo. —Estendi para ele o maço enrolado com a fita de couro.

Lorde Trelawney cortou a fita com um estilete de prata. Curiosos, nós três nos debruçamos sobre o espólio do capitão Flint, o pirata mais sanguinário dos sete mares!

Era o mapa de uma ilha, com cerca de nove milhas de comprimento e cinco de largura, a configuração de um grande pé de dragão. A latitude e a longitude estavam registradas, bem como a profundidade das águas, o nome de montanhas, baías e angras, tudo o que ajudaria a levar um navio para lá com segurança. Ao centro havia uma colina assinalada "Luneta" e outras anotações mais recentes: três xis traçados a tinta vermelha, dois ao norte da ilha, um a sudoeste — e neste, em letra hesitante de marinheiro, "Aqui, a maior parte do tesouro".

No verso, provavelmente a mesma pessoa escrevera: "*Árvore alta, flanco da Luneta. Na junta ponto ao N. de NNE. Ilha do Esqueleto ESE. e um quarto a E. Dez pés. A prata em barras está no esconderijo norte: seguir a vertente da colina leste, dez braças ao sul do despenhadeiro negro, de frente para ele. Na duna N. estão as armas, ponta do cabo norte, direção E. e um quarto ao N*". As iniciais J. F. concluíam as anotações.

Tudo aquilo me pareceu enigmático, mas despertou o entusiasmo do lorde:

— Um mapa de tesouro, um autêntico mapa pirata! E do mais rico e infame pirata, o terrível Flint, que saqueou mais navios espanhóis do que todos os outros ladrões do mar! —Ele ria e andava pelo salão. — Amanhã mesmo sigo para Bristol. Posso conseguir um navio em... duas? Não, três semanas!

Lorde Trelawney parecia tão radiante que só faltou nos abraçar. Seu olhar se alternava entre mim e o doutor.

— Que tal mudar de profissão, Livesey? Ou não! Você pode ser o médico de bordo! E você, Jim Hawkins, será nosso grumete. Claro que serei o comandante. Levaremos alguns de meus criados, Redruth, Joyce e Hunter. Ah, os ventos serão favoráveis... Em quanto tempo chegaremos à ilha? Será que daqui a... três meses, ou quatro... estaremos tão ricos a ponto de nadar em moedas de ouro? Ah, ah, ah!

O médico interrompeu o discurso do amigo:

— Um momento, Trelawney. Acredito no sucesso da viagem. Mas tenho medo é de uma pessoa!

— Ora, de quem? Dos homens de Flint? —O lorde começou a fazer pouco-caso dos perigos. — Eles...

— Não, amigo, não tenho medo dos piratas do Flint. Tenho medo é DE VOCÊ!

—De mim...?

— Milorde, o senhor tem a língua muito grande. Não somos os únicos que sabem da existência do mapa. Os piratas virão atrás de nós e nossa chance de sucesso vem da capacidade de guardarmos segredo.

Afinal, lorde Trelawney concordou com o amigo:

— Você sempre tem razão, Livesey. De agora em diante, ficarei mudo como um túmulo!

Combinamos que a partir daquele momento ninguém ficaria sozinho. Eu e o doutor permaneceríamos juntos e o lorde partiria com seus criados Joyce e Hunter para Bristol, a fim de cumprir a missão de comprar e equipar um navio.

6 PREPARATIVOS DA VIAGEM

O ENTUSIASMO DO LORDE TRELAWNEY não impediu que os preparativos demorassem mais do que o desejado. Enquanto esperava, fiquei sozinho no castelo, porque o dr. Livesey teve de ir a Londres arrumar um substituto.

Ao cabo de algumas semanas, chegou uma carta enviada pelo lorde, endereçada ao doutor ou, no caso de sua ausência, "para ser aberta por Tom Redruth ou Jim Hawkins". Ora, o doutor ainda estava em Londres, Redruth era quase analfabeto e eu estava aflito em saber as novidades. Abri a carta e a li em voz alta:"*Meu caro Livesey, já adquiri o barco e contratei o capitão, o experiente sr. Smollet. É uma escuna leve e fácil de manejar, tem o nome de* Hispaniola. *Está pronta para zarpar e, graças a meu amigo Blandy e a outros aqui de Bristol, está totalmente equipada. Todos se mostraram muito solícitos quando imaginaram qual o nosso destino: o tesouro, espero!*".

Parei um instante a leitura e comentei:

— Redruth, o doutor não vai gostar disso... Lorde Trelawney está falando mais do que devia.

Redruth franziu a cara:

— Até parece que não conhece milorde... Ele nunca deixa de falar o que lhe dá na telha!

Prossegui a leitura. Trelawney questionava a lerdeza dos operários que reformavam o navio e a dificuldade em arrumar marujos: ele queria vinte homens, ingleses, estrangeiros, até franceses!, porém só conseguira meia dúzia deles. Mas agradecia à sorte por ter encontrado "*exatamente o que precisava: um velho marujo chamado Long John Silver, dono da taberna* A Luneta *e que conhece todos em Bristol. Será nosso cozinheiro de bordo; ele esbanja saúde, apesar de lhe faltar uma perna, que perdeu a serviço da pátria!* E *nem recebe pensão, o que é de deixar indignado qualquer homem de bem!*".

Confesso que senti um arrepio à menção do perneta. Seria possível que o tal Silver fosse o inimigo de Billy Bones? Mas a confiança do lorde era absoluta. Ele se desmanchava em elogios ao futuro cozinheiro: "*Por indicação de John Silver, despedi alguns inúteis e arrumei excelentes marujos, além de um imediato de confiança, Arrow*". Concluía dizendo que seu amigo Blandy prometia enviar uma expedição de resgate se não regressássemos até o fim de agosto e permitia que eu passasse uma noite com mamãe, na vila.

Claro que visitei mamãe antes de partir para Bristol. Lorde Trelawney fora extremamente generoso com ela: ele pagou todas as reformas necessárias no Almirante Benbow. Ela estava feliz e me abençoou, mas confesso ter sentido ciúme ao ver um rapaz mais ou menos da minha idade como seu ajudante. Saí melancólico da estalagem, andei pela nossa praia como se me despedisse para sempre, com a alma pesada de pressentimentos.

Ainda bem que esse estado de ânimo não durou muito tempo. Eu era jovem e estava tão excitado com a perspectiva de viajar e viver aventuras que logo deixei essas recordações para trás, tão logo Redruth e eu pegamos a carruagem que nos conduziria à cidade grande.

Bristol nos recebeu com toda a turbulência de um grande porto internacional. No cais, navios de todas as nacionalidades, com marujos pendurados aos mastros, descarregando mercadorias exóticas provenientes do mundo inteiro. Fiquei mais encantado com aquelas docas do que se estivesse no palácio real, diante de nobres, arcebispos ou dignitários embaixadores.

Na hospedaria, encontramos lorde Trelawney paramentado como um autêntico oficial da Marinha, exibindo-se num grosso terno de tecido azul e um chapelão imponente.

— Que bom ver você aqui, Jim! O doutor chegou na noite passada. A tripulação também está completa! Partiremos amanhã.

Depois do almoço ele me encarregou de entregar um bilhete a John Silver na taberna A Luneta. Fiquei feliz de zanzar pelo cais, sentindo-me já parte daquela peculiar sociedade de lobos do mar. Meu pensamento era: "Eu também faço parte disto... Eu também vou zarpar numa escuna, com marinheiros de trança, rumo a uma ilha desconhecida, na caça a um tesouro!".

7
O HOMEM DE UMA PERNA SÓ

HAVIA TANTA GENTE mal-encarada naquela taberna que estanquei à porta, receoso de entrar. Eram marujos curtidos de sol, ruidosos e envoltos pela fumaça de tabaco. Logo descobri quem era o tal John Silver, piruetando entre as mesas, apoiado na muleta. Tinha a perna esquerda amputada, mas isso não diminuía nem sua agilidade nem a disposição do espírito: sua grande cara de lua cheia, pálida e risonha, metia-se por sobre as mesas, oferecendo sorrisos, assobios, gracejos. Concluía a conversa com um tapinha no ombro e seguia adiante.

— É o senhor Silver, não é? —Entreguei o bilhete e recebi um abraço.

— Ora, ora, você deve ser Jim, o nosso grumete! Prazer em conhecê-lo!

Nesse instante um cliente saiu disparado pela porta. Tamanha pressa atraiu minha atenção... Foi então que o reconheci! Gritei:

— Aquele é o Cão Negro! Parem aquele homem!

— Parem MESMO! Ele não pagou a conta! — Silver virou-se para um cliente qualquer e ordenou: — Harry, corra atrás do safado, traga-o aqui... — Em seguida voltou-se para mim: — Quem você disse que ele é? Negro o quê?

— Cão Negro, o pirata! Lorde Trelawney não lhe falou dos piratas que atacaram nossa casa?

Silver revelou não só interesse por minha história como indignação por supor que "um miserável pirata" estivera bebendo em sua taberna. Enviou mais dois marujos atrás do "canalha", mas qual o quê! Alguns minutos depois os perseguidores voltaram de mãos abanando. Silver procurou pelas mesas e chamou por um homem:

— Morgan! Não era você quem bebia com ele? Com esse tal Cão Negro?

Um sujeito de cabelos grisalhos e pele curtida como couro se aproximou, intimidado. Silver segurou seu braço, o olhar fixo e duro no interlocutor:

— Agora me diga, Morgan. Você tinha visto antes em sua vida esse tal Cão Negro? Sabia que ele era um pirata procurado? Fale!

O pobre Morgan só negou com a cabeça. Silver começou a berrar:

— Oh, Morgan, o que tem em cima dos ombros, uma cabeça de alho choco? Sobre o que vocês conversavam, hem? Não falavam de viagens, não é? Ou de capitães ou de tipos de barcos? Vamos, desembuche! Falavam do quê?

— Falávamos de... de castigos nos porões, senhor. Apenas isso.

— Volte para o seu lugar, imbecil — e se aproximou de mim, confidencialmente: — Escute, rapaz, esse Morgan é muito honesto, mas é um bocado idiota. Vejamos... Cão Negro, hem? Tenho a impressão de que já o vi... Ele costumava aparecer de vez em quando, na companhia de um mendigo cego.

— Isso! —Animei-me. — Conheci esse pirata também, seu nome era Pew.

— Outro pirata? —Silver desabou numa cadeira, em completo desânimo. — Em minha taberna? Oh, que desgraça! O que lorde Trelawney pensará de mim? E deixei uma escória como esse Cão Negro escapar por entre os dedos! E agora?

John Silver demonstrava tamanha vergonha pelo que "lorde Trelawney pensaria dele" que acabei por consolá-lo. Confesso que simpatizei com o homem e revelo meus temores: quando li na carta do lorde sobre a existência de um marinheiro de uma perna só, temi que encontrássemos o comparsa de Billy Bones; ao conhecer nosso futuro cozinheiro, porém, descobri um amigo.

— Oh! — Silver parou de falar e colocou teatralmente a mão sobre a testa. — E o safado fugiu sem pagar a conta! E foram três doses de rum!

O riso cristalino e a empolgação contagiaram a taberna; logo todos gargalhávamos com ele. Mal Silver enxugou as lágrimas provocadas pelo riso, comandou nossa próxima ação:

— Venha, Jim, vamos já conversar com lorde Trelawney. É preciso que ele saiba que esse canalha do Cão Negro está rondando pelo porto de Bristol.

No caminho, ele revelou-se uma companhia interessantíssima. Parecia conhecer cada navio por que passávamos e me explicou o que cada marujo fazia no porto — se descarregava, se cerzia as velas, se lubrificava uma peça; e aí nomeava a peça e comentava sua utilidade. Nem reparei a rapidez com que chegamos à hospedaria.

Diante de lorde Trelawney e do dr. Livesey, Silver narrou com muita graça e fidelidade o que acontecera no A Luneta. Ao final, voltou-se para mim:

— Não foi isso mesmo, jovem Jim?

Não podia deixar de apoiá-lo. Depois que os senhores lamentaram a fuga de Cão Negro e concordaram que nada se podia fazer, despediram-se de Silver e nos preparamos para visitar o navio.

Antes de deixar o quarto, o dr. Livesey sorriu para o amigo:

— Sabe, milorde, não costumo pôr muita fé em suas escolhas, mas desta vez tenho de concordar que John Silver é um achado!

8
A BORDO DO *HISPANIOLA*

COMO EXPLICAR MINHA EXCITAÇÃO e entusiasmo por ver, diante dos meus olhos, o navio que povoava a minha imaginação? No porto, pegamos um bote e seguimos devagar, manobrando entre cordames e cascos de outros navios: e ali estava ele, o *Hispaniola*! Uma escuna de madeira polida, graciosa como uma garça, assim de velas recolhidas.

Quem nos ajudou a subir a bordo foi o imediato, o sr. Arrow:

— Bem-vindos, senhores! O capitão Smollett os espera na sua cabine.

Logo percebi que lorde Trelawney simpatizava com os modos bajuladores do imediato, mas revelou instantâneo mau-humor com o capitão.

Smollett era um homem baixo, atarracado, de pele escura, sobrancelhas cerradas e aparência severa. Não mediu palavras para iniciar o assunto, tão logo entramos na cabine:

— Permita-me falar francamente, milorde! Sem querer ofendê-lo, mas não gosto desta viagem, não gosto de meu imediato nem dos homens da tripulação.

— Vai dizer que também não gosta do navio? — perguntou o lorde, zangado.

— Do barco só posso falar depois de colocá-lo na água, senhor. A embarcação parece boa, mas...

— Provavelmente não gosta também do dono da embarcação!

Antes que a conversa azedasse de vez, o dr. Livesey interrompeu:

— Espere um instante, capitão! Por que diz que não gosta da viagem?

— Doutor, fui contratado para dirigir este navio no rumo que o seu dono ordenar, isto é, o que se costuma definir como uma "missão secreta". Ora, o que acontece é que todos a bordo sabem mais do que eu. Isso é certo?

— Não, não é certo — concordou o médico. – E o que mais?

— Dizem que vamos em busca de um tesouro! Se isso é verdade, deveria ser um segredo... E até o papagaio de bordo sabe disso!

— O papagaio do Silver? — perguntei, ingenuamente.

O irritado capitão mal me deu atenção:

— É um modo de dizer! Acho que os senhores nem imaginam o perigo que correm numa missão assim. Alguém falou demais, é isso.

O dr. Livesey virou-se carrancudo para milorde, que desviou os olhos, calado.

— Diz que não gosta da tripulação, capitão Smollett — prosseguiu o doutor. — Nem do imediato...

— O senhor Arrow dá confiança demais à tripulação. Camaradagem... bebe com eles. Pode nem ser um bêbado, mas um oficial deve manter o respeito, senhor. É o que eu acho. E os marinheiros, bem, podem até ser experientes. Mas eu acredito que deveria ter sido consultado quanto à escolha da tripulação.

— Concordo inteiramente, senhor — disse o médico. — Mas o que está feito, está feito... O que pretende, capitão?

O homem suspirou fundo:

— Estão realmente decididos a fazer esta viagem?

— Sem dúvida! —exclamou o lorde.

— Então sugiro que me ouçam. Levantei suspeitas que não posso provar.

Mas prevenção nunca matou ninguém, é o que eu acho. Podemos modificar a estocagem das armas e a posição das cabines. Trouxeram pessoas de sua confiança, que elas fiquem então próximas ao arsenal. Se acontecer o pior...

— O pior? — perguntou Livesey. — O que seria? Um motim?

— Talvez, não sei. Parece-me também que os senhores têm o mapa de uma ilha, que fica...

E o capitão disse com precisão a longitude e a latitude da ilha do tesouro, para desespero do doutor e consternação do milorde, que reagiu:

— Isso eu não contei a ninguém! Juro!

Tanto o médico como Smollett desconsideraram sua réplica. O capitão sugeriu:

— Quero que esse mapa fique muito bem escondido. Num lugar que nem eu nem Arrow saibamos. Concordam? Pode ser que eu seja muito alarmista. Mas entendam que tenho muita experiência no mar e temo pelo futuro da empreitada. Se aceitarem esses conselhos, muito bem. Se não... – E deu de ombros. — Nada mais posso fazer senão pedir minha demissão.

O doutor sorriu e amenizou o clima:

— Isso não é necessário, senhor. Concordo com muitas coisas que disse. Prevenção nunca é demais! O senhor tem a liberdade de tomar todas essas decisões.

Saímos da cabine, Livesey quase arrastando o indignado lorde Trelawney pelo braço. Este exclamava:

— Como ele ousa? Sujeitinho atrevido, quem ele...

O doutor ponderou:

— Trelawney, ao contrário do que eu pensava, creio que você conseguiu trazer para bordo dois homens honestos: o capitão e John Silver.

— Ah! Quanto a Silver, tenho certeza... Já esse marinheiro detestável, rabugento e de alma dura, juro que me entristeço de saber que é um inglês! — E foi para seus aposentos.

Fiquei no convés e vi a chegada do restante do pessoal. Os marujos quase terminavam a tarefa quando o cozinheiro subiu a bordo, trepando pelo velame com a agilidade de um macaco. Exclamou:

— Ei, camaradas! O que é isso? Mudando a pólvora, com que diabos?

— São ordens minhas — cortou o capitão, laconicamente. — Por que questiona o que não é seu trabalho? Vá já para a cozinha, os homens estão com fome.

Silver calou a boca, bateu continência e foi para o porão. Eu, que investigava o canhão, também recebi minha parte do mau-humor de Smollett:

— Saia daí, grumete! Vá ajudar o cozinheiro lá embaixo, faça alguma coisa!

Escapuli do convés e o ouvi comentar com o dr. Livesey:

— Não importa se John Silver é honesto ou se esse garoto é seu conterrâneo. Em meu barco não há favoritos.

Ah, naquele instante confesso que concordei plenamente com lorde Trelawney. Comecei a detestar o rabugento capitão com todas as minhas forças!

9 EM ALTO-MAR

SE NO INÍCIO DA VIAGEM encontrei um inimigo no capitão, sem dúvida consolidei minha amizade com Silver. Os homens o apelidaram de "Barbecue", isto é, Churrasco, e ele se esmerava em oferecer cardápios criativos e variados. Trazia a muleta amarrada ao pescoço por um cordão, deixando ambas as mãos livres, e atravessava o convés até com mau tempo, apoiando-se em cordas com alças — apelidadas de "brincos do Long John" — com mais agilidade do que se tivesse as duas pernas. Mas havia quem se condoesse em vê-lo naquele estado:

— Barbecue é um grande homem! — disse um deles. — Recebeu boa instrução na juventude. Quando quer, fala como um livro aberto. E é valente! Perto de Long John, um leão não é nada! Já o vi agarrar, desarmado, quatro homens e bater com a cabeça deles, vencendo a luta.

Toda a tripulação o respeitava e obedecia a ele. E eu... oh, eu bebia suas palavras!

Sempre que possível, ia até a cozinha de bordo, que ele mantinha limpa e reluzente feito uma moeda polida. Parecia muito feliz em me ver e sempre tinha algum assunto interessante:

— Olhe só, Jim! — e apontava seu papagaio. — Venha conversar com o velho Flint.

Flint gritava:

— Moedas de ouro! Moedas de ouro!

— Flint tem esse nome por causa do pirata, mas é bem mais velho. Acredita que esse papagaio tem mais de duzentos anos? Já viajou com o flibusteiro England, esteve em Madagascar, em Malabar, no Suriname. Viu mais maldades que Satanás, e mais ouro que um rei, ah, ah!

Numa outra vez, ele pegou no meu braço com familiaridade:

— Jim, você é jovem, mas sei que é esperto como um diabo! Deixe-me falar com você de homem para homem...

E me dava conselhos: de como os "cavaleiros da fortuna" cavavam sua riqueza e a desperdiçavam com rum e mulheres... de como ele também fora "jovem esperto como eu" e soubera guardar seu dinheiro: era dono da taberna A Luneta e tinha uma companheira, "negra fiel feito um cão", que poupava cada centavo e o encontraria em qualquer porto, certa de que envelheceriam "ricos feito uns lordes"...

Por falar em lorde, como ia ele? Lorde Trelawney mantinha o máximo de distância do capitão Smollett, mas teve de reconhecer pelo menos uma das críticas feitas por ele: no que se referia ao péssimo comportamento do imediato.

O sr. Arrow se revelou um inútil. No começo, o homem ainda disfarçou seu gosto por álcool. Depois, chegava no tombadilho com os olhos vermelhos e fedendo a rum. Quando interrogado, negava na caradura que estivera bebendo e não imaginávamos onde arrumava bebida, que permanecia trancada nos aposentos dos oficiais.

Certa manhã, demos pela falta dele. O capitão resumiu a impressão geral:

— Deve ter caído no mar. Bem, isso pelo menos me poupa o trabalho de colocá-lo a ferros. Vamos nos virar bem sem ele.

O capitão reordenou as tarefas de alguns marujos e mesmo lorde Trelawney, que tinha experiência no mar, servia no tombadilho em missão de guarda e não questionava as ordens do capitão.

Assim seguimos viagem. De modo geral, as coisas corriam bem. O capitão não escondia seu encantamento com o *Hispaniola*:

—Esta escuna aceita o comando com uma docilidade que um homem gostaria de encontrar em sua esposa — gracejava ele.

Quando o assunto era a tripulação ou a nossa rota, porém, ele se mostrava mais sisudo. Certa vez, quando o doutor o colocou contra a parede, o capitão concordou, reticente, que de fato poderia "ter-se enganado com a tripulação". Alguns marinheiros eram experientes e cumpridores dos deveres, zelavam pelo navio e obedeciam sem reclamar. Lorde Trelawney retribuía essa dedicação generosamente e a qualquer pretexto dobrava a ração dos marinheiros. Além de oferecer um grande barril de maçãs, que ficava aberto no tombadilho, à disposição de todos.

Foi por causa desse barril e da ajuda da Providência que eu, casualmente, salvei o meu pescoço e o de meus amigos.

Pelos cálculos, deveríamos estar no último dia de viagem. O *Hispaniola* seguia de velas abertas, mergulhando o mastro na extremidade e soltando um chuveiro de pingos. Todos estavam de bom humor porque se aproximava o fim da primeira jornada da viagem.

O sol se pôs e eu voltava ao meu alojamento quando tive vontade de comer uma maçã. Infelizmente só restavam umas poucas no fundo do barril e saltei para dentro dele. Já estava saindo quando captei vozes familiares. E depois do que comecei a ouvir é que não me atrevi mesmo a sair de lá, apavorado demais até para respirar mais alto...

10
A CONVERSA OUVIDA NO BARRIL

— AQUELE SIM ERA UM GRANDE capitão: Flint, o terror dos sete mares! Servi como seu contramestre, por ter perdido a perna. Foi na mesma época que Pew perdeu a vista. Oh, quem amputou a minha perna era um excelente cirurgião, sabia latim e tudo, e mesmo assim foi enforcado feito um cão. Ficou secando ao sol em Corso Castle, junto com todos os homens de Roberts... Não viajei com ele, mas com o England juntei novecentas libras. E com o Flint, 2 mil. Nad a mal, hem? Um pirata esperto junta em um ano o que um trabalhador inglês jamais conseguirá numa vida toda de esforço, ah ah!

— Pirata esperto, Silver? E os que foram enforcados? — perguntou o interlocutor. Reconheci a voz de Dick, o mais jovem marujo do *Hispaniola*.

— A forca e a miséria são coisas para os tolos! Você é jovem, Dick, mas sei que é esperto como um diabo! Deixe que eu fale com você de homem para homem...

Pode-se imaginar o que senti quando ouvi aquele bandido abominável usar as mesmas palavras elogiosas que costumava usar comigo! Acho que eu o mataria com as próprias mãos se pudesse!

Silver prosseguiu com seus "bons conselhos":

— O pirata tem vida dura e se arrisca a ser enforcado, mas quando termina a viagem tem centenas de libras nos bolsos. Se é tolo, entrega-se à bebida e à farra e volta para o mar só com a roupa do corpo. Eu não. Comecei no convés, como você. Hoje tenho meu pé-de-meia. E teremos muito mais, quando pegarmos o tesouro do Flint. São 700 mil libras, com os diabos! Isso só num esconderijo. A prata em barras deve render outro tanto. Não é ótimo, hem? O resgate de um rei. Nunca mais terá de trabalhar em sua vida, confie em mim.

—Você confia nos outros?

— Dick, os "cavaleiros da fortuna" em geral não confiam uns nos outros, mas sei fazer a coisa do meu jeito. Se um camarada me trai, ele não costuma ficar muito tempo no mesmo mundo que o velho John. Fique do meu lado, rapaz, que não vai se arrepender.

— Bem, senhor... confesso que esse negócio não me cheirava muito bem. Tem alguns rapazes que nem querem ouvir falar disso. Mas agora que conversamos...

— Dick, você é esperto e nasceu para ser um "cavaleiro da fortuna"!

Entendi então o significado daquela expressão: "cavaleiro da fortuna" nada mais era do que um nome pomposo para definir um miserável pirata, e o que eu ouvira era o ato de corrupção de um tripulante honesto, talvez um dos últimos que havia a bordo! Silver assobiou e alguém se juntou a eles, perto do barril.

— O Dick já é um dos nossos — disse John.

— Prova que não é um tolo. —Reconheci a voz do timoneiro Israel Hands. — Agora diga, Barbecue: até quando a gente vai se fingir de marinha mercante? Não suporto mais o capitão Smollett.

— Até quando? Raios! Até eu mandar. Até o momento de não precisarmos mais dele. O Smollett é um marinheiro de primeira. Quem conduziria o navio se você metesse uma bala na cabeça do capitão?

— Ora, aqui todos são marinheiros de primeira.

— Cabeças de asno é o que são! Minhas tripas se revoltam só de pensar no que fariam depois de se livrar dos oficiais... Iam se encharcar de rum e navegar a esmo por aí. E a fortuna do Flint, hem? Alguém sabe onde está?

— Na ilha.

— Oh, seu idiota! Em que lugar da ilha? O lorde e o doutor têm um mapa que mostra onde está o tesouro, coisa que a gente não tem. Sei que vocês não vão aguentar... Mas, por mim, esperava até esse "presente" estar a bordo e o navio a meio caminho da Inglaterra para tomar conta deles, ah, ah!

— Depois que a gente pegar o tesouro, vai fazer o que com eles? — perguntou Dick.

— Podemos colocar em votação, hem, o que acha, Israel? Largamos todos por aí, numa ilha deserta? Era o que o England fazia. Ou os cortamos em pedaços igual a porcos, à maneira do Billy Bones?

Meu estômago se revirou diante da imagem de tamanha crueldade! E pensar que tal criatura sentara na taberna de papai! O que ouvi em seguida me indignou e apavorou ainda mais:

— Só peço que deixem lorde Trelawney para mim. Vou agarrar aquela cara metida a besta e separar a cabeça do corpo com um golpe só... Dick! Seja um bom rapaz e pegue uma maçã para mim.

Meu coração gelou. Acreditei que era o fim. O que John não faria comigo, se me descobrisse xeretando? Fechei os olhos de puro pavor quando vi o céu se abrir num leque iluminado com fogos de artifício.

Em meio aos rojões, ouvi os passos de John e de seus colegas se afastando. Depois, o convés tremeu sob outros passos e ouvi risadas...

Quando me senti seguro, pulei do barril mais ligeiro que um gato e me juntei a todos, no tombadilho. Alguém gritou:

— Terra à vista!

Era a ilha do tesouro. Tínhamos chegado!

PARTE 2: A ILHA

1
DECIDEM-SE OS LADOS

ANCORAMOS O *HISPANIOLA* e ficamos lá, gingando nas ondas, de frente para a ilha. A lua dissipou o nevoeiro e avistamos duas colinas separadas uma da outra cerca de duas milhas e, por trás delas, o cume de uma terceira, mais alta. Eu via a paisagem envolta em névoa de sonho; ainda não havia me recuperado de todo o pavor que sentira no barril.

A voz do capitão me despertou:

— Rapazes! Algum de vocês já viu a terra que temos à frente?

— Eu vi, capitão — Silver se adiantou e mentiu. — Um navio mercante em que servi parou na ilha certa vez. Seu nome é Ilha do Esqueleto. Parece que foi no passado um reduto de piratas... Dizem que há uma forte corrente ao sul, mas, seguindo pela costa ocidental, é possível descer alguns botes.

— Tenho aqui um mapa — disse Smollett. — Veja se localiza o lugar.

Estiquei-me todo para ver o mapa, e era visível a ânsia com que Silver o devorou com os olhos. Mas era apenas uma cópia daquele que estivera com Billy Bones, sem os xis em vermelho. John disfarçou muito bem a decepção, apontou aqui e ali alguns pontos da ilha e me assombrei mais que nunca com sua cara de pau. Ele nem sequer disfarçava seus conhecimentos do lugar.

— Dispensado, Silver — disse o capitão. — Se precisar de sua ajuda, eu o chamo mais tarde.

Resolvi procurar imediatamente o dr. Livesey, mas não queria chamar atenção. Aproximei-me devagar e murmurei:

— Doutor, tenho notícias muito sérias. Leve o capitão e lorde Trelawney para a cabine inferior, mas, por favor, sem despertar suspeitas...

O médico imediatamente acenou com a cabeça e falou alto, fingindo me dar uma resposta:

— Obrigado, Jim. Era o que eu queria saber.

Ele e o capitão confabularam; logo depois o capitão se dirigiu à tripulação:

— Meus rapazes! Esta é a terra que procurávamos. O senhor Trelawney, que é um homem generoso, como todos sabem, acaba de ter uma excelente ideia para comemorarmos esse feito. Por isso, ele, o doutor e eu vamos até a cabine beber à boa sorte do *Hispaniola* e todos vocês receberão uma dose de grogue!

O capitão foi aplaudido com tanta alegria e entusiasmo que eu mal podia crer que os mesmos homens pretendiam cortar nossas gargantas na primeira chance. Minutos depois, mandaram-me chamar e entrei na cabine.

Encontrei o trio de homens calados, diante de uma garrafa de vinho espanhol e de uvas passas. O médico fumava sem parar, com a peruca pousada nas pernas, gesto que nele significava extrema agitação.

— Então, Jim? O que tem a nos dizer? — perguntou.

Contei tudo em detalhes. Ao cabo de minha narrativa, fizeram-me sentar, serviram um copo de vinho e cumprimentaram minha coragem.

— Capitão — disse lorde Trelawney —, peço o seu perdão. Infelizmente o senhor tinha razão e eu fui um rematado idiota.

— O senhor não é mais idiota do que eu — respondeu Smollett. — Nunca vi uma tripulação com planos de motim que não revelasse aqui e ali seu descontentamento. Eles, ao contrário, sempre foram dóceis e obedientes.

— Com sua licença — interrompeu Livesey —, mas isso é obra de Silver. Na verdade, ele não deixa de ser um homem incrível.

— Pode ser — disse o lorde —, mas mesmo assim preferia vê-lo pendurado numa corda do que liderando um barco rebelde. E agora? Alguma sugestão?

O capitão foi realista:

— Agora é ir adiante. Se eu sugerisse voltar, o motim começaria imediatamente. Mas não devem nos matar ainda, pois primeiro querem o tesouro. E, pelo que Jim falou, pode ser que haja outros tripulantes fiéis. Podemos confiar em seus criados, milorde?

Trelawney disse que jurava sobre a Bíblia pela honradez de Redruth, Joyce e Hunter. O capitão fez seus cálculos:

— Então são esses três, além de nós e de Jim. Temos de esperar, senhores. Aguardar e aproveitar o melhor vento, como se diz.

Éramos 26 homens a bordo. E poderíamos confiar plenamente em apenas sete! E, desses sete, um era eu, um garoto! Confesso que fui dormir num terrível estado de ânimo.

2
DESEMBARQUE

COM O NASCER DO SOL, a paisagem na ilha se revelou nitidamente. Nem por isso me pareceu menos assustadora. Enquanto o *Hispaniola* dançava ao sabor do mar encaracolado, ouvi o comentário do doutor:

— Não sei o que dizer quanto à existência de um tesouro... mas aposto meu cachimbo que esta ilha está repleta de febres infecciosas.

Apesar disso, a tripulação parecia afoita em descer. A qualquer mínima ordem do capitão, os tripulantes rugiam ou respondiam com má vontade. Ouvi o sr. Anderson, que em tese deveria controlar os marujos, resmungar em alto e bom som:

— Ainda bem que isso não vai durar para sempre!

Era evidente que a revolta pairava sobre nós como uma nuvem de tempestade. Pelo fim da manhã, o capitão teve uma ideia:

— Milorde — disse ele. — Se eu me atrever a dar mais uma ordem, os cães cairão em cima de mim. Se aceitar a indisciplina, Silver vai perceber que há algo errado. Mas esse canalha pode nos ser útil, afinal. Deixemos que ele mesmo controle seus piratas.

O capitão contou seu plano, com o qual o lorde concordou. Dirigiu-se então ao convés:

— Rapazes, tivemos uma manhã dura e estamos todos cansados. Um giro em terra não fará mal a ninguém. Quem quiser usar os botes e descer, fique à vontade. Meia hora antes do pôr do sol darei um tiro de canhão chamando-os de volta.

Acho que os imbecis acreditavam que bastaria pôr os pés na areia para tropeçar no tesouro, porque se acotovelaram diante dos botes. O capitão foi esperto o bastante para sumir de suas vistas e deixou que Silver comandasse a excursão. Mas antes distribuíra armas para Hunter, Joyce e Redruth e os colocara de prontidão, caso esse plano falhasse.

Mas as coisas correram bem. Seis marujos permaneceriam a bordo; os outros treze, Silver entre eles, desceriam à terra nos escaleres.

Foi então que me ocorreu uma ideia disparatada que por fim contribuiu para nos salvar a vida. Resolvi descer também. Agarrei-me a um dos últimos botes que zarpava e fiquei ali, quieto. Quando atingimos o limite da praia, corri para o matagal.

Depois que confirmei que não estava sendo seguido, pude relaxar e olhei ao redor com mais interesse. O terreno era pantanoso e repleto de salgueiros, além de árvores estranhas e desconhecidas. Aqui e ali havia flores de cores exóticas e cheguei a ver uma serpente fina feito um dedo, que desapareceu entre cipós escuros. Próximo à cobra, um riacho cristalino matou minha sede.

Sentia em mim o espírito intrépido dos desbravadores. Segui o curso do riacho, não sei por quanto tempo andei...

Súbito, num ruído alto e tumultuoso, um bando de patos selvagens alçou voo e presumi que meus "colegas" de bordo caminhavam na mesma direção que eu; só que pela praia, enquanto eu o fazia pelo mato. Essa tese foi confirmada pelo rumor de vozes que ouvi. Arrastei-me até um ponto em que podia observar sem ser visto e presenciei uma discussão entre Silver e Tom, um dos marujos contratados por lorde Trelawney.

— Rapaz, você é jovem, mas sei que é esperto feito um diabo, claro que é! Vim aqui para avisar que o que está feito, está feito.

— Oh, senhor, o que está feito? Um motim? Por Deus, nunca fiz isso! Prefiro perder uma das mãos a faltar com o meu dever...

O rosto do pobre marujo estava vermelho, de comoção indignada. Então ainda havia homens leais a bordo!

Exatamente por sentir tanta esperança é que o que ocorreu a seguir me despedaçou o coração. Tudo foi muito rápido: ouvimos um som de tiro, que vinha da praia. Tom se virou para lá e Silver imediatamente lançou sua muleta às costas do infeliz, que mal teve tempo de gemer. Caiu de borco na areia.

Devagar e pulando em um pé só, Silver se aproximou do rapaz caído. Falou para si mesmo:

— Esse tiro deu fim a Alan, outro idiota que, como Tom, não quis... — tripudiou — "faltar com seu dever".

E se pôs a espancar brutalmente o indefeso marinheiro!

Não sabia bem o que era desmaiar, mas nos instantes seguintes o mundo inteiro flutuou em vertigem à minha frente... Escondi-me sob uma folha ampla e ouvia os resfôlegos de Silver, enquanto desfechava golpe após golpe no infeliz.

Quando voltei a mim e senti coragem de olhar, o monstro já estava com a muleta e Tom jazia imóvel e ensanguentado na relva. Foi nesse momento que constatei, com brutal realidade, meu provável destino se Silver me encontrasse ali, de tocaia.

Retrocedi e corri. Sem perceber, segui para o lado oposto ao pântano, uma área de árvores mais abertas e ar mais limpo. Enquanto corria, tinha as ideias mais loucas: ora me despedia de mamãe, ora via o rosto pálido de Billy Bones com sua chave pendurada ao pescoço e a expressão atenta do dr. Livesey, ora ouvia as gargalhadas do lorde e me despedia de todos eles, tomado de pânico...

E, se isso ainda fosse possível, um novo susto me paralisou de terror: um vulto despencou de trás de uma árvore, uma figura que poderia ser um urso, uma fera ou um monstro, e parou diante de mim.

3
O HOMEM DA ILHA

PERCEBI QUE ERA UM HOMEM, mas *que homem*! De seu corpo pendiam trapos que um dia foram roupas, o cabelo desgrenhado cobria um rosto magérrimo, onde brilhavam olhos de brasa. Sua figura grotesca me lembrou de narrativas sobre selvagens e canibais, comuns nas ilhas remotas, e tive medo. Nesse instante lembrei da pistola que o capitão Smollett havia me dado e contive o pânico, empunhando-a.

Para minha surpresa, o homem se jogou no chão e ergueu as mãos em súplica:

— Não mate Ben Gunn, senhor! Não mate este infeliz que não vê uma alma cristã há três anos!

Abaixei a arma e começamos a conversar. Ben Gunn fora um dos marujos de Flint e conhecia bem a ilha. Tempos depois, em outro navio, ele comentou sobre o tesouro e seu pessoal desceu ali. Depois de procurar em vão pelo ouro, e frustrados com Ben, abandonaram-no na ilha.

— Flint era esperto, mas Ben Gunn é esperto também — disse ele, com uma risada de louco. — Ben Gunn teve tempo, muito tempo, já que Flint não voltou.

Quando lhe contei que o pirata estava morto, Ben Gunn alegrou-se; mas logo ficou triste por saber que boa parte de seus homens tripulava o navio de lorde Trelawney. Quis saber se o lorde era homem de palavra.

Durante todo o tempo o infeliz agia como o mais autêntico alucinado: arregalava olhos, lamentava "nunca mais ter comido coisa de gente... daria a alma por um pedaço de queijo!", depois dizia que eu era "um homem rico" e que eu ainda "agradeceria aos Céus por ser o primeiro a encontrar Ben Gunn"... Em meio a tantas sandices, ele me dava pequenos beliscões, piscava os olhos, apalpava o pano de minha roupa e o couro das botas.

Afinal disse:

— Ben Gunn tem um recado para o seu lorde, Jim! Quando voltar a bordo...

— Não sei se poderei fazer isso — respondi, amargurado. — Certamente não poderei voltar com os piratas.

Foi minha vez de relatar a iminente revolta que se armava contra nós. Ben não ficou triste quanto a isso; apontou uma rocha branca e disse que ali tinha um barco, "feito com suas próprias mãos". Se fosse necessário, poderíamos usá-lo para subir a bordo do *Hispaniola*.

Nesse momento ouvimos o rugir do canhão. Mau indício, porque ainda faltavam umas duas horas para o pôr do sol.

— A luta começou! — gritei. — Venha comigo!

Planejava chegar por trás dos piratas, atracados no ancoradouro Capitão Kidd, mas a meio caminho vimos, por sobre o arvoredo, a bandeira da Inglaterra tremular ao vento.

— Com certeza é o lorde! — disse Ben, no seu peculiar jeito de falar mais consigo mesmo. — É a paliçada que Flint construiu anos atrás, dá para se proteger de um exército. Ah, Flint era um homem de cabeça, isso é verdade. Sabia planejar.

— Por que abandonaram o navio? Precisamos ir até lá.

Mas Gunn se recusou a me seguir. Segurou em meu braço e falou:

— Não, ainda não é hora de Ben Gunn aparecer. Tenho uma proposta para o seu lorde que pode tirar todos nós dessa encrenca... Entendeu? Mas quero uma prova. Uma prova de confiança! Que um homem vá amanhã ou depois, sozinho, pela manhã... Onde? Já sei! Onde você me encontrou hoje e que... leve alguma coisa branca com ele. Entendeu?

E me beliscou de novo. Prometi que daria o recado.

— Tenho algo mais a fazer — disse com alegria. — Hoje à noite Ben Gunn vai dar um presente a seus velhos camaradas, ah, se vai!

Correu para a mata com a agilidade de macaco e me deixou só.

Caminhei devagar até a paliçada, conduzido esperançosamente pela bandeira inglesa, tremulando acima da mataria... Aquilo certamente era coisa do capitão Smollett, mas o que teria levado meus amigos a abandonarem o navio?

Ao alcançar a colina, deparei com uma área quadrada, com um cerrado espinheiro de paus pontiagudos em torno de uma entrada estreita, tapada com imenso tronco roliço. Parecia sólida. "O tal Flint era mesmo prevenido", pensei.

E prevenido também eu seria. Antes de me aproximar mais, gritei a plenos pulmões:

— É um amigo que chega! Sou eu, Jim! Estou de volta!

4 DENTRO DA PALIÇADA

— JIM! — O dr. Livesey não escondia a satisfação. — Pensamos que tivesse morrido... Ninguém entendeu quando você também seguiu nos botes para a terra.

Lá estavam, além do doutor, lorde Trelawney, o capitão, um jovem ruivo, Joyce e Hunter. Contei-lhes de minha intuição e que confiava em nossa boa sorte; mas, antes de transmitir o recado de Ben Gunn, ouvi o relato do doutor:

— Depois que você se foi, achei que não era má ideia descer à ilha, mas não no ancoradouro Capitão Kidd. Eu e Hunter, que é um bom remador, pegamos um escaler e contornamos a costa. Vi uma reentrância onde mal cabia um bote e descemos. Então avistei esta paliçada! — O orgulhoso doutor abriu os braços, exibindo os dois cômodos de madeira, além das estacas que cercavam o "quintal". — O que mais me animou, Jim, foi essa fonte de água límpida. Enquanto os piratas ancoraram no pântano infestado de febres, aqui nós estamos protegidos. Nesse instante, ouvimos um tiro e um grito de agonia. "Pronto!", pensei, "mataram o Jim".

Contei sobre o desafortunado Tom, que morreu sob as pancadas de Silver e o que ouvira sobre a execução de Alan, "o último marujo leal". Lorde Trelawney fez uma careta de desapontamento e prosseguiu:

— Estava na proa do *Hispaniola*, tão infeliz por levar meus amigos a tal empreitada, quando o doutor e Hunter voltaram. Falaram sobre as boas condições da paliçada e resolvemos vir para cá. Mas tínhamos ainda de enfrentar os seis marujos a bordo... Coloquei o velho Redruth no corredor armado de arcabuz, enquanto lotávamos um bote com mantimentos e armas. Na hora de partir, o capitão resolveu dar uma última chance aos amotinados.

Foi a vez de Smollett falar:

—Eu acreditava que havia ali pelo menos um bom sujeito. Gritei para a proa: "Olá, homens! É o seu comandante, ordeno que deixem o navio. Dou trinta segundos para se reunirem a mim. Abraham Gray, é com você que estou falando". Aí se ouviu um forte rumor de luta e este corajoso rapaz — indicou um marujo ruivo, com um curativo na face — veio na minha direção como um sabujo ao ouvir o assobio do dono, ah, ah! Ele enfrentou a navalha de cinco piratas e escapou só com um corte...

Lorde Trelawney me ofereceu um copo de vinho e concluiu a história:

— Os marujos de Silver, na praia, perceberam a nossa fuga. Era só questão de tempo virem em nossa perseguição. Tivemos também receio de que os cinco marujos do navio disparassem o canhão contra o escaler. Graças a Deus, conseguimos chegar à paliçada antes disso, com poucos prejuízos materiais, mas... —Apontou para um canto.

O doutor seguiu para lá, e senti um arrepio. Até aquele instante não reparara no vulto coberto por uma rota bandeira inglesa. Perguntei:

— Mo-morreu? Quem...?

— O infeliz Tom Redruth — disse o lorde. — Foi guarda-caça da propriedade da minha família por mais de trinta anos e me acompanhou nesta aventura a contragosto, mas veio por fidelidade... Que sua morte não seja em vão!

Abalado com nossa primeira perda, pedi um instante de isolamento e fiz uma oração ao lado do cadáver. Depois, chamei o dr. Livesey e confidencialmente lhe contei sobre meu encontro com Ben Gunn.

— Ora, ora... O que é a Providência! — disse o doutor. — O homem então deseja uma prova de boa vontade e está louco para comer queijo? Ah, ah... pois sabe o que levo no bolsinho da tabaqueira, Jim? Um bom naco de parmesão! Quem sabe esse queijo não nos conquista um aliado... ou mesmo a vitória?

Nesse instante a conversa foi interrompida por um silvo longo seguido de um estrondo medonho. Um tiro de canhão! Nosso navio não era mais nosso... No mastro principal do *Hispaniola* tremulava uma bandeira pirata!

5
UMA VISITA DE CORTESIA

AS DESCARGAS DE CANHÃO prosseguiram até o anoitecer, sem resultado. Os piratas miravam na bandeira, mas os tiros não alcançavam a paliçada. Como disse o capitão:

— Eles até nos prestam um serviço... limpam o terreno à frente, teremos mais visibilidade na hora do ataque.

O ataque nos parecia iminente, porém, para nossa surpresa, nada aconteceu naquela noite, a não ser o eco da gritaria dos piratas acampados na praia; provavelmente "encharcados de rum", como disse Smollett.

Na manhã seguinte tivemos a grande surpresa de uma visita. John Silver se aproximou, em passo claudicante e ligeiro, acompanhado por um marujo que trazia uma bandeira branca.

— Todos para dentro da cabana! — ordenou o capitão. — Aposto que é uma armadilha. Tomem seus postos, senhores. — E dirigiu-se a Silver: — Quem vem lá? Pare ou atiro.

— Estamos com a bandeira branca — disse Silver. — Quero propor um acordo.

— Entre apenas você — disse Smollett.

Silver jogou a muleta por sobre o portão roliço da paliçada. O homem que levava a bandeira branca tentou dissuadi-lo, mas o pirata gritou "Confio na palavra de um cavalheiro" e pulou.

Vi Silver avançar pelo terreno com admirável vigor e perícia. Devo confessar que estava tão atraído pelo que acontecia que fui de pouca valia como sentinela; abandonei meu posto e rastejei para trás do capitão, que sentara na soleira, cotovelos nos joelhos, tão à vontade como um homem que aguarda uma visita no alpendre de sua casa de campo.

— O que quer, rapaz? — disse Smollett, quando o pirata resfolegante se aproximou o bastante para ouvi-lo. — Sente-se e fale.

— Senhor, nem me convida para entrar? Está uma manhã fria para sentar sobre a areia... Não me parece um ato de cavalheiro.

O capitão disse que, se Silver fosse um cavalheiro, jamais teria se metido em tal aventura; estaria, em vez disso, na sua taberna em Londres. Mandou então que "desembuchasse de uma vez", antes de fazê-lo perder a paciência.

— Certo, senhor, certo... O dever antes de tudo! Vou sentar e acredito que depois um dos senhores ajudará um pobre aleijado e a se levantar, não? Doutor, lorde Trelawney... —Olhou por cima do ombro do capitão para dentro da casa. — Vejo que Gray está com vocês... e até o jovem Jim! Estão todos bem instalados, não resta dúvida de que foi uma ideia de mestre se apossar desta paliçada, tão bem construída por Flint!

Mantivemos o silêncio diante das cortesias. Silver prosseguiu:

— Confesso, senhor, que foi muito corajoso da parte de um de seus homens... passar o ferro no pescoço de dois dos meus!

Fez o gesto fatal sobre a garganta e percebi, com alegria, que Ben Gunn levara "seu presente" aos velhos camaradas na praia... Agora devíamos ter *apenas* catorze inimigos.

— Prometo que isso não mais acontecerá! — rugiu. — Eu estava exausto demais para ouvir a tocaia e eles, tão bêbados... Mas agora estou firme e o álcool está proibido até o momento de botarmos a mão no tesouro. Os senhores têm o mapa, não é?

— Pode ser — disse Smollett, lacônico.

— Eu sei que têm! E, se querem salvar a pele, o melhor a fazer é me entregar esse mapa! Prometo que não farei mal algum aos senhores. Pegamos o tesouro e seguimos viagem. Os senhores podem ficar aqui. O seu amigo de Londres não ficou de enviar ajuda em agosto, lorde Trelawney?

O lorde empalideceu e se calou. Era outra notícia que deveria ser sigilosa, mas parecia conhecida por todos. Silver continuou no mesmo tom:

— Ou os largamos em alguma ilha pelo caminho. Com comida suficiente até serem resgatados... Então? O que me dizem? — gritou para dentro da paliçada: — Essa oferta é para todos!

Smollett respondeu por nós. Levantou-se e ajeitou o uniforme, como se fosse de gala, em vez de estar em tão lamentável estado:

— Pois bem, vocês podem caçar esse tesouro como quiserem, mas não sabem navegar. Para sair daqui, terão que se ajeitar comigo. Minha oferta é a seguinte: se vierem de um em um até minha cabine no navio, desarmados, prometo levá-los a um julgamento justo na Inglaterra. Se não quiserem, eu, Alexander Smollett, já icei a bandeira do meu soberano — apontou-a com mão firme — e mandarei todos para o inferno. Agora ponha-se daqui para fora, e depressa!

O rosto de Silver se transformou em uma máscara de fúria; os olhos lhe saltavam das órbitas. Tentou se erguer, em vão.

— Ajudem a me levantar!

A resposta foi o silêncio. Resmungando as mais imundas imprecações, Silver rolou pela areia até se agarrar a um alpendre e alcançar a muleta. Então cuspiu na fonte:

— Eis o que penso de vocês! Antes de uma hora queimarei todos aqui! Riam, podem rir, com mil diabos! Daqui a uma hora vocês vão rir no outro mundo!

6
A BATALHA

LOGO QUE SILVER DESAPARECEU, o capitão chamou nossa atenção: a curiosidade era tanta que até lorde Trelawney abandonou seu posto.

— Não se envergonham com isso, cavalheiros? Podia ser uma emboscada! Em seus lugares! — ordenou, e conferiu as armas. — Deixei Long John furioso feito um urso enjaulado... Como ele falou, o ataque será em uma hora. Não existe mais o elemento surpresa. Estamos em menor número, porém mais bem protegidos.

A hora passou voando. Conferimos e reconferimos posições e equipamentos: eu e o capitão não éramos bons atiradores e recarregaríamos as armas. Lorde Trelawney e o marujo Gray, de melhor mira, ficariam na posição norte, a mais desprotegida e com mais chances de ser atacada. O doutor se manteria à porta, Hunter a leste e Joyce a oeste. Todos a postos, só nos restava esperar.

E que tortura foi essa espera! Quantos pensamentos voaram por minha cabeça! Quantos temores! O sol se abriu sobre as árvores com fúria total e ali ficamos, as camisas abertas no pescoço e as mangas dobradas até os ombros, numa febre de calor e ansiedade.

De repente, uma enxurrada de piratas em gritos de guerra saltou dos bosques para a paliçada. No mesmo instante abriram fogo do arvoredo e uma bala de arcabuz sibilou pela porta, acertando em cheio o mosquete do doutor.

Os assaltantes pulavam a madeira como um bando de macacos. Lorde Trelawney e Gray dispararam repetidas vezes e acertaram dois homens: um dentro do cercado, outro do lado de fora. Um terceiro fugiu apavorado.

Quatro piratas subiam pelo terreno e vinham direto para nossa casa, gritando e correndo ao mesmo tempo. Aqueles que ficaram nas árvores soltavam berros de incentivo. Disparamos, mas em nossa ansiedade erramos todos os tiros.

A carantonha de Job Anderson apareceu pela porta:

— Matem! Matem todos!

Outro pirata agarrou o mosquete de Joyce e o arrancou de suas mãos. Virou-o contra o infeliz e disparou à queima-roupa. O barulho foi ensurdecedor e nesse instante um marujo invadiu o recinto com um sabre, indo na direção do doutor.

A cabana estava repleta de fumaça e isso nos dava relativa segurança. Ouviam-se gritos, imprecações, estampidos e gemidos...

— Para fora, amigos, saiam! — gritou o capitão. — Empunhem seus sabres!

Arranquei um sabre de uma pilha e saí. A claridade do sol me cegou, vi mal e mal o doutor se engalfinhar com um marujo e meter-lhe a lâmina entre as costelas. Virei-me a tempo de dar de cara com Anderson. Este soltou um grito e levantou o cutelo contra mim. Tive a presença de espírito de me agachar e jogar um punhado de areia em seus olhos, cegando-o. Depois, rolei pelo quintal.

Quando me levantei, vi o restante dos piratas deixar o refúgio entre as árvores e atacar a paliçada. Um deles, com um barrete vermelho na cabeça e a faca entre os dentes, escarranchava-se no topo da madeira. Gray, às minhas costas, enfiou a espada no gordo contramestre, que caiu com um gemido.

— Atirem dentro da cabana! — ordenou o capitão e não esperou, invadindo-a de pistola em punho.

Achei que seria o momento decisivo da luta, mas um assobio longo veio da mata. Os piratas, obedecendo a um único comando, imediatamente retrocederam, deixando mortos cinco dos seus: quatro dentro da paliçada e um do lado de fora.

— Silver preferiu a retirada —, disse o doutor, limpando o suor da fronte com a beira da camisa.

A fumaça da cabana se dissipava. Eu, Gray e o doutor corremos para lá. Contamos nossas baixas: Hunter estava sem sentidos junto à janela, Joyce recebera uma bala fatal na cabeça e, ao centro, vimos lorde Trelawney amparando o capitão, pálido como um lírio, mas sempre imperativo:

— Onde estão os piratas?

— Fugiram — disse o médico, imediatamente socorrendo o ferido. — Mas abatemos cinco daqueles demônios.

7
UMA VISITA AO *HISPANIOLA*

NO RESTO DO DIA tivemos a triste tarefa de enterrar os mortos: tanto os cinco piratas como os dois criados do lorde, o guarda-caça Redruth e Jonas Joyce. Fizemos uma oração pela alma de todos e também cuidamos de nossos feridos — Hunter teve uma concussão leve e o corte do capitão, se merecia cuidados, não era letal. Ninguém acreditava em novo ataque tão cedo e pudemos ter uma noite calma.

A manhã veio escaldante, como era o costume naquela ilha infernal. O bafio subia da mataria e nos escaldava em vapor pegajoso. Vi quando o doutor confabulou com lorde Trelawney e saiu da paliçada.

— Com os diabos! — praguejou Gray. — O doutor ficou maluco? Vai passear na floresta?

Eu sabia nada haver de sandice naquele "passeio": certamente o dr. Livesey ia se encontrar com Ben Gunn.

Tinha minhas tarefas e as cumpria, mas aquela ideia — o "passeio do doutor" — não me saía da cabeça. O ar estava tão abafado e a mata verdejava tão convidativa à minha frente que tomei uma decisão: eu o seguiria. Ao menos, poderia ajudá-lo, se fosse necessário. Com isso em mente, logo após o almoço carreguei duas pistolas, enchi o bolso com biscoitos e parti.

Era outra loucura, decerto! Porque, ao partir, eu deixava apenas dois homens em perfeitas condições para proteger a cabana; porém, como da primeira vez, essa maluquice veio com boa dose de ajuda da Providência, para salvar a pele de todos.

Dei uma volta grande, a fim de evitar o ancoradouro dos piratas. Subia uma colina e comecei a sentir rajadas de ar mais fresco, até deparar com uma paisagem inédita: jamais o mar da ilha do tesouro estivera assim calmo e espelhado. O *Hispaniola* estava bem visível e meu coração encolheu ao ver que, no mastro, tremulava a Jolly Roger, a infame bandeira pirata com a caveira e as tíbias cruzadas.

Nesse momento, os piratas desceram um escaler e reconheci seus tripulantes: Silver ia escarrapachado no meio de dois marujos, que remavam para a praia, um deles com o berrante gorro vermelho. Ouvi um grito lancinante e meu coração gelou; depois reconheci o palavreado de Flint, o papagaio de Silver, gritando "moedas de ouro, moedas de ouro...". O bote seguiu para a praia. No convés, havia apenas dois marujos, andando de um lado para o outro. Reparei também que no casco do *Hispaniola* havia um único escaler.

Perceber o navio mal protegido me deu outra ideia: e se eu cortasse suas amarras? Lembrei do bote de Ben Gunn, aquele "feito com suas próprias mãos", escondido na tal "rocha branca". Dali da colina conseguia ver a rocha com nitidez.

Era uma temeridade, no entanto, se conseguisse chegar até o bote... se aproveitasse a calmaria das águas... se alcançasse o *Hispaniola* e o deixasse vagar sem rumo... O navio estava perdido para nós; mas e se também estivesse para Silver? Os piratas ficariam sem uma rota de fuga!

Pensei e agi. Andei acelerado até a rocha, mal parando para comer os biscoitos, e encontrei o barco de Ben Gunn.

O que dizer dele? Nunca vira um *coracle*, aquela embarcação medieval feita de couro pelos bretões, mas juro que devia ser igual: uma casca de noz mal costurada onde até um rapaz como eu cabia com dificuldade. Era duro de manobrar mesmo na calmaria e seu único remo de folha seca de palmeira mantinha o rumo mal e mal...

Apesar disso lentamente avancei até o *Hispaniola*. Era alta madrugada quando encostei o bote em seu casco e retomei o fôlego. Via a fogueira acesa na praia e ouvia a cantoria dos piratas: "*Quinze homens no caixão do morto... Io-ho-ho, e uma garrafa de rum*". Agradeci o fato de a lua se esconder sob as nuvens, protegendo-me.

A mesma cantoria veio de dentro da cabine, seguida de palavrões engrolados em voz de bêbado. Reconheci duas vozes: uma delas era a de Israel Hands, o velhote que, naquela noite dentro do barril de maçãs, ameaçara o capitão. A outra era de O'Brien, um magricela de voz esganiçada. Pareciam mesmo ser os únicos a bordo. Seus xingamentos desandaram em socos, e logo ouvi o som de espadas. Contei com essa distração para agir no barco em segurança.

Foi muito difícil cortar as cordas; passei toda a madrugada no cumprimento dessa tarefa, decepando fio a fio do cordame. Quando faltavam apenas alguns centímetros para livrar o *Hispaniola* de sua âncora, uma surpresa: a subida da maré me pegou desprevenido!

O *coracle* começou a chacoalhar como a casca de noz que realmente era e, quando o último fio se partiu, mal tive tempo de me agarrar aos fiapos e pular para bordo. Impotente, vi o valente barquinho ser despedaçado pela proa do navio, que singrava as águas com uma rapidez inesperada em uma nave sem comando!

8
O CAPITÃO JIM

MAL BOTEI OS PÉS no convés do *Hispaniola*, saquei as pistolas, pronto para enfrentar os sentinelas. Nada. O navio entrou em cheio no vento, as velas rangeram atrás de mim, o leme bateu. Onde estavam aqueles dois, que não ouviam esses ruídos? Eles acordariam um morto!

E de fato um deles estava morto: O'Brien, o magrelo, caíra rígido à beira da amurada, com os braços esticados em crucifixo, seus dentes podres exibindo-se entre os lábios roxos. O assassino, Israel Hands, jazia mais além, pálido como cera, mesmo que sua pele fosse crestada de sol, mas vivo: eu via sua respiração subir e abaixar o peito, em roncos curtos de bêbado. Imaginei que os dois se atracaram na bebedeira e Israel levara a melhor. Talvez nem tanto; uma mancha escura ensopava os calções, indicando perda de sangue.

Suspirei aliviado por estar seguro, e meu primeiro gesto foi baixar a bandeira pirata. O barco era meu! Depois, com o pé cutuquei Hands, que demorou para acordar. Afinal ele abriu os olhos e resmungou:

— Rum.

Resolvi atendê-lo e entrei na cabine. Tudo estava arrasado! Os enfeites dourados da madeira tinham marcas imundas de mãos, garrafas vazias rolavam de um lado para o outro, os livros do doutor estavam rasgados e espalhados, a sujeira era indescritível. Desci ao porão: os barris de vinho e rum estavam vazios; a marujada não devia ter ficado sóbria nem por um instante, desde que se apossou do navio. Achei o barril de água, bebi longamente. Depois coloquei um resto de rum na caneca e a levei para o ferido. Apontei as pistolas para ele e falei:

— Pois bem, senhor Hands, tome o seu rum e me ouça. Soltei as amarras do navio. Ele agora é meu. Não pretendo voltar ao ancoradouro do Capitão Kidd. Quero entrar na baía do norte e deixar o barco ali.

— Então precisa de mim, não é, garoto? Sozinho não vai conseguir manobrar o navio... O que ganho com isso?

Combinei que o alimentaria e cuidaria de seu ferimento. Hands sorriu e aceitou o trato. Pediu um tempo para se recompor, depois do que começou a me ajudar, ironicamente me chamando de "capitão".

Tivemos sorte com o vento, que soprava a oeste. Conduzimos o *Hispaniola* para o rumo desejado, a nordeste da ilha. Duas horas mais tarde a maré baixou e novamente tivemos de esperar. Eu desconfiava da docilidade de Hands e do seu "profundo mal-estar", mas mesmo assim me arrisquei a deixá-lo sozinho enquanto pegava biscoitos e uma botija de água. Hands pediu rum.

— O barril de rum está seco, senhor Hands. Você e seus companheiros deram cabo dele.

— Oh, é modo de dizer, garo..., digo, *capitão*. Por favor! Um velho marujo não pode passar a pão e água, não é mesmo? —E com cinismo malévolo indicou o curativo da perna, falando em seguida: — O *capitão* não vai deixar um marujo aleijado com sede, vai? Qualquer coisa serve.

Claro que desconfiei de seu pedido e resolvi testá-lo. Disse que procuraria bebida na cabine e desci ruidosamente as escadas; depois me esgueirei pela janela lateral e vi quando Israel, com esforço, se arrastou até o corpo de seu desafortunado companheiro e arrancou a faca das suas costelas, escondendo-a sob a camisa.

Então eu tinha razão... Israel podia se mexer e estava armado. Teria de tomar cuidado com ele, mais do que nunca!

9
JIM CORRE PERIGO

QUANDO VOLTEI AO CONVÉS, Israel fingia-se de exausto. Tomou-me a garrafa das mãos e bebeu o vinho como se fosse a última coisa que faria na vida. Apontou para a linha-d'água:

— Agora a maré está boazinha, *capitão*. Siga as minhas ordens que a gente vai navegar muito bem.

Por duas milhas seguimos calmamente, mas o acesso à enseada se revelou sinuoso e estreito. Israel foi um mestre em me indicar a rota e o melhor jeito de escapar dos bancos de areia e das pedras. Vimos um barco encalhado, tão decrépito que as plantas desciam de seus mastros esverdeados de limo. As margens eram escuras, com a mata cerrada e sem praia.

Afinal, demos com o estuário de um rio. Perguntei:

— E depois de encalhar o barco, como se pode tirá-lo daqui?

Israel explicou que com a maré baixa bastava jogar um cabo para terra e dar a volta num pinheiro grande. Quando viesse a cheia, os marujos puxariam pelo cabo e "a natureza faria o resto". Ele prosseguiu no comando:

— Agora mais para estibordo! Vamos, *capitão*, força! Segure o leme, agora!

O *Hispaniola* fez uma volta rápida e sua proa seguiu veloz para a margem. Estava tão absorvido por estas últimas manobras que esqueci por um instante do perigo que me rondava. Hands se aproveitou da distração e avançou, empunhando o punhal.

Ambos demos um grito estridente quando nos atracamos. O meu foi de horror, o dele foi semelhante ao de um touro furioso. Consegui rolar para o lado e ele me seguiu. Era espantoso como um marinheiro velho e ferido podia ser ligeiro, mas a verdade é que Hands era; ele me encurralou na proa. Comecei a subir o mastro, enquanto tentava sacar as pistolas.

Soltando um grito feroz, Hands mirou a faca e, no instante em que soltou a lâmina, o *Hispaniola* emborcou para a esquerda. Ouvi o rangido da madeira, o silvo cortando o ar e senti a dor aguda no ombro, por onde o punhal me prendeu à madeira do mastro.

Gritei e atirei. Não fiz mira nem nada, vi-me envolto pela fumaça do disparo e pensei mesmo que tinha errado. A dor no ombro era lancinante, o navio conduzido pela maré entrou mata adentro por mais uns metros, esforcei-me para virar o rosto e vi...

Vi o corpo de Hands emborcado sobre o de seu companheiro assassinado. Tinha acertado o tiro, graças a Deus!

Mas continuava preso pelo ombro, sem alcançar o cabo do punhal. Em meu desespero, movi o corpo todo e a pele se rompeu. Por graça divina, a lâmina havia prendido mais o pano da camisa do que carne e pude lentamente descer do mastro, trêmulo, apavorado e com ânsias.

Aos poucos, consegui me refazer. Andei trôpego pelo tombadilho e resolvi jogar os cadáveres no mar. Hands iria me matar sem piedade, contudo mesmo assim me sentia culpado. Rezei por suas almas e pela bênção de estar vivo. Agradeci também pelo fato de ter o *Hispaniola* firmemente encalhado, em meu lugar secreto.

Meu próximo passo seria voltar à paliçada e me juntar aos meus camaradas, para planejarmos o futuro.

Levei um dia inteiro para encontrar o rumo certo. Andava com dificuldade na mata cerrada e comia a ração que tirei do navio. Em minha imaginação, ora me entregava a medos sombrios, "vendo" a alma do homem assassinado por entre a vegetação, ora seguia otimista, antecipando os elogios do lorde e do doutor.

Alcancei a paliçada já noite alta. Cauteloso, segui de gatinhas pelo terreno, o que foi desnecessário porque não havia guarda. Ouvi o ressonar suave de meus companheiros dentro da cabana e entrei. Tropecei num pé, ouvi o resmungo de alguém semidesperto e, súbito, a gritaria:

— Moedas de ouro! Moedas de ouro! — alertou Flint, o papagaio de Silver, o melhor vigia do mundo.

Estava nas mãos do inimigo!

PARTE 3: O TESOURO

1
REVELAÇÕES

QUE DESESPERO O MEU! Olhei ao redor: não havia sinal de prisioneiros. Só um homem ferido, um bucaneiro inerte a um canto, com um pano ensanguentado no rosto. Tudo — armas, mantimentos — estava em poder de seus cinco companheiros, que me encaravam com ar sombrio. John Silver estava à frente:

— Ora, ora, se não é o jovem Jim! — Silver acariciou o papagaio. — Surpreso em nos ver aqui? Surpreso em saber que seus amigos abandonaram a paliçada? Juro que também fiquei espantado quando o doutor apareceu ontem cedo com a bandeira branca e quis negociar. Deixava tudo isso para nós, desde que pudessem partir: ele, lorde Trelawney, o pobre e ferido capitão e o marujo Gray... Quando perguntei de você, Jim, sabe o que disse o doutor? "Jim? Aquele pivete desertor? Eu o mataria com minhas próprias mãos! Pode ficar com ele!" Ah, ah!

Respirei aliviado ao saber que meus amigos estavam vivos, ao menos. E não acreditava que me odiassem tanto. Silver prosseguiu:

— Tive uma boa conversa com o doutor, mas isso fica para mais tarde. Por ora, quero saber se aceita meu convite. Vai se juntar ao capitão Silver?

O ex-cozinheiro estufou o peito como se o tivesse coberto de medalhas. Encarei os seus colegas, sisudos e andrajosos, que mantinham o silêncio e olhavam de má vontade na minha direção. Estava insone, com o ombro latejando e exausto demais. Não medi as palavras:

— Tenho de escolher? Então já escolhi. E não é o seu lado. Eu odeio piratas! E me orgulho de ter frustrado seus planos, desde o início. Eu estava no barril, naquela noite em que você conversou com Dick e com Israel Hands, e contei tudo ao comandante. Fui eu que subi a bordo do *Hispaniola*, fui eu que me livrei dos marujos que estavam a bordo e fui eu que cortei as amarras. O barco está num lugar onde nunca mais o verão. É por minha causa que vocês não têm mais um navio! E, se querem me matar, podem fazer isso. Só desejo, senhor, que conte ao lorde e ao doutor qual foi a decisão que tomei. Não se esqueça disso!

— Não me esquecerei! — disse Silver, com tal entonação que revelava mais admiração do que fúria por saber que eu era o responsável por suas desgraças.

Mas seus colegas não sentiam nenhuma admiração.

— Vamos matá-lo! — rugiu Dick, erguendo o punhal. — Esse pivete traiçoeiro nos entregou ao capitão!

— Foi ele que reconheceu Cão Negro! — lembrou Morgan, o marujo da taberna A Luneta. — Cão Negro não veio com a gente por causa dele!

— É verdade — disse Silver, entre surpreso e fascinado. — E foi ele também que descobriu o mapa de Billy Bones. No final das contas, rapazes, nosso adversário sempre foi Jim Hawkins!

— O que estamos esperando? — gritou outro pirata, atirando-se sobre mim.

A muleta de Silver, porém, o interceptou:

— Parem, todos vocês! Jim pode ser nosso inimigo, mas é também nosso hóspede.

— Está doido, John?

— Olha como fala comigo, George Morgan! — reagiu Silver. — Vocês me escolheram capitão e um capitão merece respeito. Eu decido aqui! Afirmo que Jim é um refém precioso.

Mas a marujada não queria mais ouvir. Reuniu-se macambúzia num canto e Morgan falou por todos:

— Conhece as regras, Silver. A gente exige um conselho.

2
O JULGAMENTO

UM POR UM OS PIRATAS SAÍRAM da cabana, exceto o ferido, que dormia. John Silver acendeu o cachimbo e me encarou com seriedade.

— Esses estúpidos querem o seu sangue. Só existe uma pessoa entre você e a morte ou a tortura, Jim, e sou eu! Tenho certeza de que foi a Providência que o trouxe até mim. Porque achava que tudo estava perdido, quando não vi mais o *Hispaniola*. Mas você pode ser a minha salvação. Quero propor um trato.

Um trato? Era surpreendente demais ver o pirata decidido e sanguinário de repente se vestir de gentilezas comigo. Silver baforou seguidas vezes:

— Não sei bem quais são os planos do doutor, Jim, mas afirmo que agora estou do lado dele e de lorde Trelawney. Sei também que você é um garoto esperto, um inimigo formidável! E que colocou o navio a salvo em algum lugar. Nem precisa me dizer onde! Também não vou perguntar o que aconteceu com Hands e O'Brien, isso não me interessa. O problema agora é com esses camaradas aí de fora...

Silver indicou a porta da cabana. Víamos o grupo de piratas deliberando à distância, um ou outro olhando para nós com contida selvageria.

— O que proponho, Jim, é ficar do seu lado, aconteça o que acontecer. Mas uma mão lava a outra... Você vai lembrar que John Silver o salvou e vai contar para o doutor, ou para qualquer autoridade, não é? Jure que fará tudo, tudo mesmo, para salvar Long John da forca. Não quero dançar na ponta de uma corda, Jim! Então? Você promete?

Estava tão atônito que só pude mover a cabeça, concordando. Nesse instante os piratas entraram na cabana, lentamente. Seria cômico ver suas expressões de exagerada seriedade, se eles não representassem tamanho perigo! Um deles passou um papel amarrotado para a mão de Silver e retornou para perto dos seus.

— Quem cortou a Bíblia? — disse Silver, abrindo com displicência o papel e conferindo que nele havia a "marca negra". — Não sabem que isso dá azar? É a Bíblia do Dick, não é? Pobre rapaz, já estava com febre. Agora é que vai para a sepultura, ah, ah!

O supersticioso Dick encarou furioso os companheiros, mas Morgan impediu que se iniciasse um bate-boca atacando Silver:

— Chega de papo furado, John! A tripulação votou contra você. Não é mais o capitão!

— E quem será o novo capitão, George Morgan? Você? Parece conhecer tão bem o regulamento! Mas eu também conheço! O que têm contra mim? Posso responder, não posso?

Olhou bem para a cara de cada um dos piratas e nas duas horas seguintes revelou seu talento dissimulado e convincente, rebatendo item por item as críticas dos seus comandados. Eles o acusavam de ter perdido o navio. Silver provou que a perda do barco se dera por causa da rebeldia dos piratas; desde o começo, por sua vontade, esperaria o lorde "se esfalfar na caça ao tesouro" e só atacaria em alto-mar, quando fugiriam "com o barco e com o tesouro".

Os piratas queriam a minha pele. Silver insistiu em dizer que minha morte poria a perder um refém precioso, na "hora de negociar a saída da ilha". A ideia da negociação foi o item seguinte, pois eles criticavam o acordo com o doutor. Silver reagiu indignado:

— Ora, quem foi que ajeitou a cabeça estropiada de Joe, gemendo ali no canto? Quem trouxe um remédio para a sua febre, Dick, seu idiota cortador de Bíblia? Se esse doutor é *humanitário* para salvar as suas vidas asquerosas, isso é problema dele. O *meu* problema é outro. Cavalheiros, consegui o melhor acordo. O doutor teve de me dar o que a gente mais queria!

Silver fingiu coçar a perna de pau e dali tirou um papel. Atirou-o teatralmente no meio da marujada.

— O mapa do Flint! — berrou um deles.

Era mesmo o mapa original, com os xis em vermelho! Não podia acreditar em meus olhos — o verdadeiro mapa de Flint estava nas mãos dos piratas!

A algazarra foi indescritível. Se o surgimento do mapa, para mim, era inexplicável, para os sobreviventes foi maravilhoso; jogaram-se sobre ele feito cães sobre um osso. O mapa passou de mão em mão, numa alegria de criança e não de homens sanguinários.

— É mesmo o mapa do Flint — disse George Merry, o pirata de olhos amarelados. — Esse corte do "T" era igualzinho, daqui para lá.

— E agora, hem? — Silver fanfarronou. — Vocês perderam o navio, eu achei o tesouro. E então, *capitão* Morgan, como ficamos?

Os piratas formaram um círculo, cochicharam e se voltaram para nós. Dick falou:

— Estamos com o senhor, capitão Silver!

— Um brinde, senhores! — Silver alcançou uma garrafa e a brandiu no ar como se fosse um sabre.

3
UMA CONVERSA COM O DOUTOR

NA MANHÃ SEGUINTE, ninguém teve tempo de curar a ressaca. Mal amanheceu, ouvimos os gritos:

— Ó da fortificação! Sou eu, o doutor!

Era mesmo o dr. Livesey. Meu coração bateu apressado ao ouvir sua voz. Quando entrou na cabana e me viu, ele disfarçou a comoção e iniciou sua tarefa com os piratas como se ainda fosse o médico de bordo, oferecendo remédios e palavras atenciosas. Essa atitude encontrava eco nos piratas, que o tratavam como se nada tivesse acontecido.

Quando concluiu a consulta, casualmente disse que "tinha uma palavra a dar com este jovem aqui" e me apontou.

— Não! — Morgan berrou, impedindo a aproximação do doutor.

Silver intercedeu:

— Parem, rapazes! Jim agora é dos nossos... Não é, Jim? Deu sua palavra de que não vai nos trair. Lembre-se do que falamos.

Entendi que John se referia à minha jura de interceder por ele, se saíssemos da ilha. Acenei positivamente e Silver autorizou que acompanhasse o médico até o fim da paliçada. Ali, sentindo os olhares dos piratas alfinetando minha nuca, narrei os acontecimentos...

Livesey ouviu comovido e em silêncio. Relatei minha fuga noturna, a posse do *coracle* de Ben Gunn, a conquista do navio e revelei o local onde o *Hispaniola* estava a salvo.

— O navio! — exclamou Livesey. — Até isso... Ah, Jim! Creio que em toda essa aventura há o dedo da Providência. Em tudo é você quem nos salva... Até nos pôr em contato com Ben Gunn. Ele é um demônio esperto, Jim, você nem imagina!

O médico tentou me revelar mais dos seus planos, mas eu o impedi.

— Por favor, senhor. É melhor não saber. Se esses canalhas me torturarem, eu...

— Tortura! Isso, não! —Os olhos de Livesey se encheram de lágrimas.

— Fuja comigo, Jim! Ao diabo com sua palavra! Pule para este lado, saia das mãos desses sanguinários!

Recusei ao ver John Silver se aproximar. O dr. Livesey resignou-se e me deixou com ele, mas lhe deu dois conselhos: que tivesse bastante cuidado ao seguir o mapa e que me mantivesse sempre por perto.

No momento em que o doutor sumiu pela mata, um pirata nos chamou para o almoço. Espantei-me com tanto desperdício de lenha e de carne: havia churrasco para saciar um batalhão! Um deles arrancou um naco com os dentes e jogou o resto no braseiro... Se continuassem desse jeito, as boas provisões deixadas por lorde Trelawney mal durariam uma semana. Aqueles homens eram absolutamente incapazes de qualquer planejamento ou ordem.

Mesmo Silver, com o papagaio Flint ao ombro, parecia descuidado. Ele fanfarronava:

— É, rapazes, é uma sorte o velho Silver tomar conta de vocês. Eles podem ter o navio, mas temos o mapa. E depois que a gente pegar o ouro, damos umas voltas por aí e catamos o barquinho.

— O menino não sabe? — George Merry lançou sobre mim os olhos amarelados e cruéis. — Sei de um bom jeito de fazer um pivete falar...

— Calma, George. Deixe Jim por minha conta. Cedo ou tarde ele contará o esconderijo do *Hispaniola*.

Senti o estômago revirar. O que significava aquilo? Outra traição de Silver? De que lado ele estava, afinal?

Depois do almoço o grupo todo seguiu para os escaleres, incluindo o homem ferido, que capengava entre os colegas. Silver amarrou uma corda em meu pé e me puxou atrás de si feito um urso amestrado. Íamos à frente, o papagaio Flint no ombro do líder, todos cantarolando velhas canções piratas.

4 O FANTASMA DO PIRATA

NO MAR, OS HOMENS MANTIVERAM o bom humor. Desembarcamos na embocadura do segundo rio e começamos a caminhada. De início o terreno era pantanoso e Silver não forçou o passo, ainda mais quando começou o declive que conduzia ao planalto.

No final da tarde, chegamos ao local mais aprazível da ilha, uma colina coberta por árvores floridas. Os homens andavam em leque, gritando e saltando de um lado para o outro. Eu seguia o passo claudicante de Silver, que volta e meia dava um puxão na corda. Subimos cerca de meia milha quando um dos homens, que se afastara do grupo, soltou um grito aterrorizado.

—Ele não pode ter encontrado o tesouro — disse Morgan, passando por nós. — Aqui é uma clareira.

Logo descobrimos o motivo do grito. Junto a um lindo pinheiro e envolto por uma trepadeira, jazia um esqueleto humano, com pedaços de roupa. Um calafrio percorreu a espinha de todos.

— Era um marinheiro — disse um deles, investigando os trapos. — Será que era um homem de Flint?

— O capitão era terrível! — George Merry deu uma risada nervosa. — Desceu à ilha com cinco piratas e voltou sozinho...

— É bem uma coisa do Flint, fazer esse tipo de brincadeira — disse Morgan. —Mas é um tanto estranho esse esqueleto estar limpo demais, só com os trapos. Nenhuma moedinha, nem faca...

— É uma indicação, isso que é! — Silver ficou excitado. — Os braços indicam o norte, para a Estrela Polar! Com os diabos, isso dá arrepios! Flint matou os outros e deixou este aqui, como uma bússola! Vamos, rapazes, em frente!

Depois de encontrar o esqueleto, os homens seguiram em sombrio estado de ânimo. O silêncio era profundo e foi uma bênção quando Silver deu sinal de parada, no alto da colina. Conferiu a paisagem, abriu o mapa e leu:

—"*Árvore alta, flanco da Luneta. Na junta ponto ao N. de NNE. Ilha do Esqueleto ESE. e um quarto a E. Dez pés.*" Há três árvores altas para aquele lado. Não podemos estar longe, rapazes! Que tal a gente jantar primeiro?

— Perdi o apetite. Andei pensando naquele esqueleto... Acho que era o Allardyce, lembram dele? Um marujo loiro, alto, de ossos longos? — Morgan estremeceu. — Raios o partam! Era um safado, me devia dez guinéus, mas que fim miserável!

— Flint também teve um fim miserável — recordou Merry num sussurro. — O rum o levou para o inferno. Vomitou todas as tripas, a cara roxa...

O que aconteceu em seguida foi a coisa mais apavorante do mundo. De trás das árvores, a voz surgiu nítida e trêmula:

—"*Quinze homens no caixão do morto... Io-ho-ho, e uma garrafa de rum!*"

— É Flint! — gritou Merry.

Jamais vi homens tão amedrontados como aqueles piratas. A cor fugiu de suas faces como por encanto; eles se agarravam uns aos outros, os dentes batendo.

— Calma, rapazes... — Silver tentava manter o controle. — Não é o que estão pensando.

— Era a música do Flint! — Merry arregalava os olhos amarelos em cima de Silver. — Eu sei, ele só cantava isso no fim da vida...

E de novo:

—*"Quinze homens no caixão do morto... Io-ho-ho, e uma garrafa de rum!"*

Antes de ver seus homens debandarem horrorizados, Silver ergueu a muleta para o céu e gritou:

— Para os infernos que alguém me vence, seja homem, seja demônio! Quero o tesouro de Flint, as 700 mil libras e, se não tinha medo dele vivo, não vou ter medo dele depois de morto! Isso é coisa de algum engraçadinho, mas de carne e osso, creiam em mim! —Arregalou os olhos diante de uma ideia: — Ei! Eu ouvi um eco na cantoria... Rapazes! Se um fantasma não faz sombra, a voz dele também não faz eco, não é mesmo?

Aquilo me pareceu uma rematada tolice, mas nunca se pode prever no que um supersticioso acreditará. Os homens deram risadinhas aliviadas, e George Merry comentou:

— É verdade... não há dúvida de que John sabe pensar! E, pensando bem... a voz do Flint era mais forte. Essa voz, ela estava mais para a de um marujo... Um magrelo como... quem mesmo?

— Como o Ben Gunn, com os diabos! — gritou Silver.

— Ah, ah, ele mesmo! — Merry concordou e depois voltou a fechar a cara. — Mas o que houve com Ben? Ele também não morreu? Não será o seu fantasma?

— Ora! —O velho Morgan apertou a mão descarnada no ombro do companheiro. — E quem se importa com Ben, vivo ou morto? Não é o Flint, e isso me anima. Vamos, pessoal! Vamos achar logo esse tesouro!

5 AFINAL, O TESOURO

ERA EXTRAORDINÁRIO como aqueles homens recobraram o ânimo! Tagarelavam uns com os outros, acelerando o passo, seguindo a bússola de Silver.

Até o marujo ferido, escoltado por dois deles, falava com mais alegria. Morgan tinha razão: ninguém parecia se incomodar com Ben Gunn ou seu fantasma...

A exceção era Dick. A febre devia ter voltado, pois ele seguia de olhos esbraseados, apertando a Bíblia, e qualquer ruído o fazia pular. Todos zombavam dele — até Silver gracejou com seu azar "por ter cortado o livro sagrado".

Chegamos à primeira árvore alta, mas pela posição não era a que procurávamos; o mesmo se deu com a segunda. A terceira — um gigante do reino vegetal — não deixava margem para dúvida: era a árvore de Flint. Os homens começaram a correr na direção dela. À medida que se aproximavam, o pensamento do dinheiro levava para longe todos os temores. Seus olhos brilhavam, os pés se tornaram leves e as almas se prendiam à visão daquela fortuna, as 700 mil libras enterradas à vasta sombra da mangueira...

Amparado na muleta, Silver saltitava, resmungava contra os mosquitos, suas narinas dilatadas e trêmulas. Arrastava-me vigorosamente pela corda e às vezes me lançava um olhar homicida. Eu podia ler o que ia em sua mente: a aproximação do ouro afastava qualquer ideia de trato civilizado que combinara comigo ou com o doutor. Assim que botasse a mão no tesouro, iria atrás do *Hispaniola* a qualquer custo.

De repente, a menos de dez metros, vimos o primeiro homem parar. Ouviu-se um grito rouco. Silver dobrou a velocidade, feito um celerado, e logo nos detivemos também, assombrados.

Diante de nós se abria uma grande cova. Não era recente, porque dentro dela nascia um pouco de grama. No chão, um cabo de picareta quebrado e várias tábuas com o nome *Walrus*, o nome do navio de Flint.

Era o lugar do tesouro, afinal. Mas onde ele estava?

A confusão foi total. Todos quedaram como mortos; Silver inclusive. Mas o abatimento dele passou quase instantaneamente. Recuperou o sangue-frio e mudou seus planos antes que os outros pudessem se refazer. Deu alguns passos, deixando a vala entre nós e os outros, e murmurou:

— Jim, prepare-se para o que der e vier — E me passou uma pistola de dois canos.

Os piratas saltaram para o buraco uns atrás dos outros, arremessando as tábuas para longe. Morgan achou uma moeda de ouro e a ergueu no ar, com uma chuva de impropérios:

— Dois guinéus! —Atirou-a sobre Silver. — Aqui estão as 700 mil libras, não é? Você e os seus tratados... Já sabia de tudo, não é?

George Merry apontou a pistola para nós, do outro lado da vala:

— Camaradas, ali temos um aleijado, que botou a gente nessa fria... e o moleque que nos traiu! Agora é a hora de...

Não terminou a frase, executado pelos tiros de mosquete, e caiu na vala. O homem de cabeça ferida rodopiou feito um pião e o acompanhou na queda. Silver disparou à queima-roupa na cara de Morgan.

Nesse instante, com as armas fumegantes, um grupo saiu da mata: Gray, o doutor e Ben Gunn vinham em nossa salvação. Os outros três piratas deram uma volta e começaram a correr o mais rápido que podiam.

— Atrás deles! — gritou Livesey. — Não os deixem escapar! Eles não podem chegar aos botes!

Foi uma corrida desenfreada. Silver tentava manter o passo a todo custo, num esforço sobre-humano, avançando e saltando, apoiado à muleta, os músculos do peito quase a rebentar e mesmo assim a trinta passos atrás de nós. Num certo momento, ele gritou:

— Doutor! Não precisa de tanta pressa, olhe!

De fato, não era necessário correr mais. Vimos os três sobreviventes a meio caminho da colina, na direção contrária à dos botes. Nem tiveram ideia de fugir pelo mar!

O grupo se reuniu, e Silver se pôs a agir como se sempre tivesse sido um dos nossos:

— Obrigado, doutor, chegou bem na hora. Salvou a vida de Jim e a minha... Obrigado também, Ben Gunn. Lembrarei sempre do que fez por mim.

— Sou Ben Gunn, sou sim! — O abandonado contorceu-se como uma enguia, no seu embaraço. — Não sou fantasma, mas cantei a música de Flint, assustei vocês, sim!

Devagar descemos a colina até os escaleres, enquanto o doutor contava que o bom desfecho da aventura se devia mesmo à sorte e perseverança de Ben Gunn. Ele tinha a posse do tesouro! Por isso Livesey fez o acordo com Silver, e deixou a paliçada e o mapa inútil na mão deles.

— Ben Gunn! Afinal, como você encontrou o tesouro? — perguntei. — O que você fez?

Naquele seu jeito peculiar de narrar, Ben explicou que, nos três anos em que ficou solitário na ilha, topou com o esqueleto-bússola. Foi ele que o "limpou" de moedas e armas e desconfiou que era um marco para o tesouro. Encontrou a árvore e a picareta e se dedicou de corpo e alma a cavar e desenterrar o tesouro.

— Ben Gunn levou tempo, muito tempo sim! — Ele deu uma piscada marota. — Mas o que Ben mais tinha aqui era tempo, não era? Levou tudo, tudinho para sua casa.

A "casa" de Ben ficava na colina Mastro de Mezena e era para lá que nos dirigíamos. O esperto Ben encontrara algumas grutas, onde durante todos aqueles anos estocou uma boa quantidade de frutas e carne-seca de cabra.

Lá, lorde Trelawney nos esperava, em companhia do capitão Smollett.

6
O FIM DA AVENTURA

SILVER DEU SORTE. Depois de ouvir minhas aventuras e reconhecer a ajuda do ex-cozinheiro, lorde Trelawney confirmou que faria o possível para livrá-lo da forca.

— John Silver, você é um patife e um monstruoso impostor — disse o lorde. — Mas me pediram que não o processasse, e assim farei. Que os mortos desta empreitada pesem sobre a sua consciência.

Como se John tivesse um pingo de remorso! A partir da hora em que se juntou a nós, voltou a agir com o bom companheiro de sempre. Assumiu suas funções de cozinheiro e fazia pratos especiais para o capitão, cuja saúde estava fora de perigo, mas merecia atenção. Assobiava com o papagaio Flint e nunca reclamava, mesmo que todos o tratassem como a escória que era. O único que ainda tinha alguma deferência para com ele era Gunn, talvez por recordar o terror que sentia pelo antigo contramestre. Nós só falávamos com ele o mínimo necessário para concluir alguma tarefa.

Porque trabalho havia, e como! Primeiro desencalhamos o *Hispaniola* e pela orla o levamos próximo do esconderijo de Ben. Ali nos dedicamos ao tesouro de Flint, composto por alguma prata em barras e moedas, muitas moedas! Minha tarefa era recolhê-las e colocá-las em sacos de pão.

Era uma coleção extraordinária, tanto quanto a de Billy Bones. Foi um prazer indescritível arrumar e empilhar aquilo tudo — moedas portuguesas, inglesas, francesas, espanholas, jorges e luíses, dobrões e guinéus, com a efígie de todos os reis da Europa dos últimos cem anos, além das estranhas moedas do Oriente, redondas ou quadradas ou mesmo furadas no meio, como se fossem para pendurar ao pescoço. Eram em número incalculável, como o das folhas de outono.

Esse trabalho durou muitos dias. Todas as tardes, uma fortuna era armazenada a bordo e outra já nos esperava no dia seguinte.

Os piratas remanescentes não nos deram problema. O capitão sentava-se numa colina e nos dava cobertura à distância, mas não vimos sinal deles.

No dia da partida, deixamos para os desterrados algumas ferramentas, certa quantidade de carne salgada e dois mosquetes, para caçar. Quando viram que o *Hispaniola* se fazia ao largo, os três infelizes apareceram à margem, unindo as mãos para o alto, gritando:

— Não nos abandonem! Piedade!

Creio que todos sentimos o coração aos pedaços em deixá-los assim, mas não podíamos nos arriscar a um novo motim e seria uma generosidade cruel resgatá-los para em seguida entregá-los à forca. Por fim, vendo que o navio continuava na rota, um deles, não sei qual, pegou o mosquete e atirou em nossa direção, cravando uma bala no mastro. Nunca mais se ouviu a respeito de qualquer um deles.

A viagem prosseguiu atarefada. Éramos poucos e havia tanto trabalho a bordo que raro era o dia em que não se ia dormir morto de cansaço. Seguimos assim até dar com o primeiro porto na costa espanhola; não teríamos coragem de empreender todo o retorno à Inglaterra sem manutenção e recarga.

Ancoramos num lugar aprazível, de clima agradável, e onde os nativos eram morenos e prestativos. Desci ao porto junto com lorde Trelawney e o dr. Livesey e ali passamos a noite. No dia seguinte, ao retornar, soubemos da fuga de John Silver.

Ben Gunn, que ficara a bordo, contou um lenga-lenga arrevesado sobre o perigo que todos corriam se "o homem de uma perna só continuasse a bordo". Por medo ou por antiga camaradagem, ele facilitou a fuga e vimos que John não saiu de mãos abanando: levou consigo um saco de moedas.

Creio que todos ficamos contentes em nos ver livres dele por tão pouco.

Com novos marujos, o *Hispaniola* seguiu viagem e atracou em Bristol precisamente quando o sr. Blandly começava a preparar a missão de resgate. Da tripulação que saiu dali havia alguns meses, apenas cinco homens retornavam ao porto. No entanto, mesmo que estivéssemos em má situação, não era tão ruim como na canção pirata, que dizia"*de sua tripulação só um homem vive, e fez-se ao mar com setenta e cinco*".

Cada um recebeu sua parte do tesouro e a gastou com sabedoria ou insensatez, conforme sua natureza. O capitão Smollett largou a vida do mar, casou-se, comprou terras. Gray estudou para ser imediato e é hoje copropritário de um belíssimo navio. Casou-se e tem quatro filhos. O doutor prosseguiu na profissão sem modificar muito sua rotina. Eu também não posso me queixar.

Quanto a Ben Gunn, que recebeu mil libras, gastou tudo em exatos dezenove dias. No vigésimo voltou a mendigar. Lorde Trelawney arrumou um lugar de caseiro para ele numa de suas propriedades, onde ainda vive. É muito estimado pelas crianças e canta no coro aos domingos.

De Silver nada mais soubemos. Esse formidável marinheiro de uma perna só desapareceu por completo de minha vida. Era um canalha hipócrita e cruel, mas confesso que volta e meia me pego torcendo para que tenha encontrado sua negra em algum porto. Espero que viva em conforto na sua companhia e na do capitão Flint, porque certamente não encontrará um lugar aprazível na sua Outra Vida.

O restante do tesouro de Flint, suas barras de prata, ainda está na ilha, mas nada no mundo me faria voltar àquele maldito lugar. Mesmo após tantos anos, meus piores pesadelos me levam às suas praias batidas pelas ondas, ouço o ruído do vento ou a gritaria aguda do papagaio Flint alertando "Moedas de ouro, moedas de ouro!".

ALÉM DO GRANDE MAR OU A HISTÓRIA DE UM PEQUENO *VIKING*

Marcia Kupstas

MARCIA KUPSTAS.

Brasileira, nasceu em São Paulo em 1957. Tem dois filhos, Igor, nascido em 1980, e Carla, em 1990. Formada em Letras pela Universidade de São Paulo, lecionou Literatura e Técnicas de Redação em grandes escolas da capital.

Descendente de lituanos e russos, povos que são grandes contadores de histórias, desde cedo se fascinou com as narrativas da avó Efrosina e da mãe Elisabeth. Aos 4 ou 5 anos de idade, sentava no colo do pai, Vytalius, e ditava livros, que ele tinha de escrever. Coitado dele, se mudasse uma linha! A menina dizia que ia ser escritora, quando ficasse adulta, para ela mesma escrever as histórias que povoavam sua imaginação.

A partir de 1984, começou a publicar contos em jornais e revistas, como Capricho, *onde manteve a seção Histórias da Turma por três anos, mais tarde reunidas em livro pela editora Atual. Em 1988, seu romance de estreia,* Crescer é perigoso, *de 1986, ganhou o prêmio Revelação do concurso Mercedes-Benz de Literatura Juvenil. Era a consolidação de seu desejo de infância. Dedicou-se profissionalmente à carreira e tem mais de uma centena de livros publicados, entre infantis, adaptações de clássicos, romances juvenis e ensaios.*

É palestrante em escolas, Secretarias de Educação e Cultura e eventos como feiras de livros. Foi coordenadora de algumas coleções, como Sete Faces, Debate na Escola, Deu no Jornal e Três por Três. Para este projeto, escreveu Três amores, *com as adaptações de* Romeu e Julieta, *de William Shakespeare,* O morro dos ventos uivantes, *de Emily Brontë, e o seu texto* Um amor em dez minutos; Três animais, *com as adaptações de* Beleza negra, *de Anna Sewell,* O chamado da selva, *de Jack London, e o texto de sua autoria* Herói, o Gato; Três amizades, *com as adaptações de* O príncipe e o mendigo, *de Mark Twain,* O detetive agonizante, *de Conan Doyle, e o seu texto* As duas mortes de Isaías.

Neste volume, Três viagens, *Marcia viajou literária e prazerosamente pelo longínquo Oriente e por oceanos pouco conhecidos. Já admirava* Viagens de Marco Polo *e* A ilha do tesouro, *mas teve uma satisfação redobrada em adaptá-los para o leitor de hoje. Afinal, são narrativas imortais... Para ela, a obra de Robert Louis Stevenson é o melhor livro para jovens de todos os tempos.*

Para conhecer mais, visite o site: www.marciakupstas.com.br.

FAZIA MUITAS HORAS QUE O PEQUENO BJARNI olhava o mar. Via céu e mar com a mesma tonalidade escura, cinzenta. Nuvens grossas pareciam ondas, movendo-se no vento com rapidez. E as ondas, estas estouravam numa espuma branca, em contraste com a água de azul-marinho profundo. O mar do Norte parecia rebelde e pouco hospitaleiro, presságio de más notícias.

O começo de outono trazia muito vento frio e apreensão. Se os barcos não retornassem logo, seria um inverno de fome para a aldeia. O menino sabia que ficar no penhasco, olhando, em nada ajudava. Mas gostava de ficar ali, sozinho... encarando o horizonte escuro, viajando na imaginação pelas águas em que os tios e o pai viajavam na realidade.

— O *drakkar*... — murmurou Bjarni, apertando os olhos, o coração agitado.

Seria uma ilusão, seria o excesso de desejo que o fazia ver coisas? Repetiu o nome, ficou em pé. Tentou mover os pés adormecidos pela cãibra, afastou a pele de urso dos ombros, pulou várias vezes... Impossível se enganar. A vela listrada de negro e vermelho era sua conhecida, enfunada pelo vento, a nave-mestra. Outras sombras desenhavam-se no horizonte, indicando o restante da frota.

— Os *drakkars*! Eles voltaram! Mamãe, Greta, Ingrid, eles voltaram! — gritou Bjarni, enquanto batia palmas e avisava toda a aldeia de Gökstad da chegada dos homens.

As mulheres correram para se arrumar, festejando o regresso de maridos e irmãos. Puseram suas melhores roupas, óleo de foca nos cabelos loiros ou ruivos, armados em tranças grossas. Um e outro velho, aposentado do trabalho marítimo, estalava a língua antegozando um copo de vinho, um bom presente daquelas distantes terras da Normandia. As crianças, estas não perdiam tempo com preparativos: acotovelavam-se em bando, na amurada do cais.

— O da frente é o barco de Olaf, o Vermelho! — reconheceu Bjarni. — E atrás está o barco de Harold, o da esquerda é o de Erik, papai está à direita...

— Não estou vendo o barco de Swain — falou um menino sardento.

— Deve vir mais atrás — explicou Bjarni, embora sem muita convicção.

Cinco barcos de guerra *drakkar* haviam se aventurado, meses antes. Apenas quatro voltavam. Era comum que os *vikings* encontrassem a morte nas águas frias do mar do Norte. Ou nos combates com os anglos ou os saxões. Minutos antes de os impressionantes barcos *viking* acostarem, chegaram as mulheres e os velhos até o cais. Elas cantavam, saudando o regresso dos homens e a alegria de um inverno bem alimentado. As imponentes carrancas dos *drakkars* já eram bem visíveis, e mais de uma mulher parou de cantar para gritar o nome de seu homem, discernível na proa. Algumas choravam. O vento frio tornava os rostos bem corados e acentuava a emoção do retorno.

Aquela seria uma noite de festa. Na cabana maior, de Olaf, o Vermelho, chefe *viking*, todos os homens que participaram das missões sentavam e comiam.

Muitas histórias, a maior parte delas terrível e repleta de episódios de morte e sangue, eram contadas. Os escravos trazidos das terras distantes eram deixados numa cabana-prisão. E cada navegante recebia sua parte do saque, feito nas costas da Normandia e da Bretanha.

De olhos brilhantes, numa luta constante contra o sono, o pequeno Bjarni ouvia as histórias com interesse, e ouviria outras mais pela noite inteira se aguentasse. Sabia que durante o inverno poderia por muitas vezes ouvir e reouvir as façanhas. Sabia que algumas histórias se modificariam após alguns copos de vinho. E o guerreiro que matara "quatro ou cinco saxões" mataria, dali a algumas semanas, "quarenta ou cinquenta". Na cabana aquecida pela lareira, o grupo *viking* se fartava do que conseguira pilhar.

— Pai... — Bjarni, sentado nos joelhos de seu pai, Leif, o Bravo, perguntava: — Pai, o que tem além do horizonte?

— Ah, ah! — riu alto o guerreiro, barba suja pelos restos de carne, mãos grandes fazendo uma carícia que quase desmontava o filho. — Depois do horizonte tem os celtas. Os bretões. Tem uma terra que haverá de ser nossa, a Normandia. Uma ilha grande, a dos saxões. Eles nos pagam para que nós não arrasemos com as vilas. E quando não pagam... nós arrasamos com as vilas!

Leif riu, gargalhou. E nisso foi acompanhado pelos outros guerreiros, tão fortes e destemidos como ele, que era o segundo chefe *viking*, homem de confiança do grande Olaf, o Vermelho.

Mas não era bem isso que Bjarni queria saber. O menino tinha sonhos, tinha ideias... o mar, o mar maior, além daquelas costas conhecidas e mencionadas pelos adultos.

— Não, pai. Não ao sul... a oeste. Sempre para oeste. O que tem ali?

— Tem a Islândia. — respondeu o pai. — Nossos avós conquistaram a Islândia. Primos seus moram lá... nossos barcos ali se abastecem. Às vezes nossos *drakkars* e os deles se juntam, e navegamos... Tem a Groenlândia, estamos chegando lá.

— Além, pai, além da Groenlândia. O que tem ali?

— Bjarni, pequeno Bjarni! — Nessas horas, Leif não conseguia entender a insistência do menino. — Todo mundo sabe que depois da Groenlândia é o fim do mundo. Odin está no céu e criou as terras e o mar... que uma hora acabam. Depois, você cai no buraco.

— E é devorado pelas serpentes! — falou um marinheiro de pele muito curtida, pescoço e mãos totalmente enrugados pelo vento e a água salgada. — As serpentes moram no fim do mundo, pequeno Bjarni! Elas dão cabo de navios inteiros e de todos, todos os tripulantes. Foi isso que aconteceu com o pobre Erik, o Azarado. Ele e seus 38 homens naufragaram quando o barco foi derrubado por um monstro e todos caíram na goela vermelha das serpentes...

Por um instante a mesa ficou em silêncio, e cada um daqueles homens terríveis foi tomado por um sentimento de saudade dos companheiros perdidos. O silêncio não durou muito. Logo alguém ergueu o copo, o brinde soou mais alto. Morrer era destino de todos, e morrer no mar era o melhor destino para um guerreiro *viking*.

Tantas e tantas vezes o pequeno Bjarni ouviu as histórias de guerras, saques e roubos. Mas essas não eram as histórias que realmente o seduziam...

Nem se sentia especialmente tocado pelo destino dos prisioneiros. Era um menino destemido, como todos os meninos *vikings*, educados para a guerra e para a coragem. Não havia neles a piedade cristã e, se viam os prisioneiros gemendo por seu destino, estranhavam as queixas. Afinal, para a tradição de seu povo, era uma honra ser oferecido aos deuses nas cerimônias de sacrifício. Sabiam que os sacrifícios ajudavam os deuses a serem mais generosos com eles, *vikings*. E aqueles prisioneiros, se pudessem, matariam qualquer *viking* sem nenhum sinal de piedade. Eram tempos cruéis...

Mas, se não eram as lutas ou os sacrifícios que excitavam a imaginação de Bjarni, o que seria? O mar? Ah, o mar era o caminho dos *vikings*, o ganha-pão de suas famílias. Para Bjarni era diferente. O que ele via no mar não era só a estrada. Era a própria imensidão de água, os segredos que havia nele, além... além de tudo o que seus antepassados pudessem ter conhecido. Aonde o mar o levaria? O que existia além, sempre além nos horizontes? Se pudesse descobrir! Se pudesse caminhar por terras onde nunca um homem conhecido pusera os pés, ah! Que honra os deuses lhe dariam, se pudesse seguir esse destino.

E na noite da festa, ou em outra daquelas noites de inverno pesado, quando mal se podia sair das cabanas, quando a tempestade de neve zunia lá fora, trazendo gritos de sereias malignas ou gemidos de almas afogadas, Bjarni sonhava. Na cabana escura, por sob a pele de urso ou coberto pela colcha de pele de rena, Bjarni sentia que a escuridão do quarto era a mesma do fundo do mar. Podia fechar os olhos e sentir a água se movendo diante deles. Como se todo o quarto sumisse, devorado pela água escura. E ele se sentia navegando, ondulando com a noite. Ele era o marujo, o homem forte, um *viking* corajoso. E, nos seus sonhos, Bjarni saía ileso da escuridão da noite e do mar para ver um brilho de sol claro, um mar verde, uma luminescência de terra nova, nunca antes presenciados. Uma terra de luz e não a sua fria e escura Noruega, dos longos meses de inverno.

Quando estava com quinze anos, Bjarni embarcou pela primeira vez. No seu retorno, ele se casaria com a bela Ingrid, uma vizinha de treze anos, tão pálida e loira como a lua no céu.

E sabia que, na pilhagem, traria um presente para ela. Uma joia da Normandia ou da Bretanha, para enfeitar sua bela Ingrid.

A viagem foi melhor que tudo o que a imaginação de Bjarni poderia supor. Nem por um momento ele enjoou ou deu sinal de cansaço. Queria conhecer todas as tarefas. Não se recusava a subir ao mastro, investigando os horizontes.

A Islândia o decepcionou. A imensa ilha descoberta pelos normandos era muito parecida com sua terra natal. Tanto mar gelado, tanta sombra, vegetação pouca e rasteira, as mesmas renas, trazidas da Noruega e que se adaptavam bem ali. Não era a terra de seus sonhos. Queria o novo, o diferente. Animava-se com o que os companheiros falavam: sobre o calor da Normandia, terra da França que havia sido conquistada pelos *vikings* e agora lhes pertencia. Animava-se com a ideia de lutar contra os saxões, donos de uma ilha menor que a Islândia, aquela que viria a se chamar Inglaterra.

Sua primeira luta ocorreu na segunda viagem. Já havia conhecido os prazeres do amor, já havia presenteado sua bela Ingrid com um anel de ouro. Fez uma prece de agradecimento a Odin e pediu a coragem de Thor para derrotar os inimigos.

Invadiram uma aldeia saxã e foi uma luta feroz. Eram 130 *vikings* contra seiscentos saxões. Usando o elmo quadrado, que cobria a cabeça e o nariz, Bjarni jogou-se corajosamente contra os guerreiros a cavalo e a pé. Matou, pela primeira vez em sua vida, um ser humano. Viu Olaf, um companheiro da mesma idade, ser pisoteado por um cavaleiro e morrer transpassado por uma lança. Ajudou outro colega ferido a escapar para a praia e pôde enterrar sua espada profundamente no pescoço de um saxão. À noite, cantou, na praia, junto aos companheiros, pela vitória. De madrugada, sozinho no barco, contemplando o horizonte, chorou a morte do amigo e a de outros, o destino de guerreiros, moradores eternos no grande céu do deus Odin.

Leif, o Bravo, morreu quando Bjarni contava 24 anos. Quando o *drakkar* comandado por ele abordou um barco saxão, a luta feroz deixou mortos de lado a lado. Bjarni estava num barco menor, à retaguarda do combate, e não pôde ajudar o *drakkar* liderado pelo pai. Até que os reforços chegassem, os saxões haviam levado vantagem, matando muitos *vikings*. Leif fora ferido no peito. O sangue jorrava, impossível de estancar. O filho ainda pôde ouvir as últimas palavras do *viking*:

— Que minha coragem seja sua herança, Bjarni.

Seu enterro foi no mar. Vestido com o elmo quadrado e segurando a espada, o chefe *viking* recebeu a última despedida dos companheiros. Após a cerimônia, um zum-zum entre os homens indicava que a escolha do novo segundo chefe estava a caminho. Apesar de jovem, muitos desejavam indicar Bjarni como sucessor de Leif. O chefe dos *vikings* ainda era Olaf, e se ele concordasse...

No retorno de outono, na aldeia de Gökstad, Olaf chamou Bjarni à sua presença:

— Seu pai foi um homem corajoso, grande guerreiro. Você quer ser como ele?

Bjarni pensou muito antes de responder. A presença de Olaf era impressionante. Alto entre um povo de gente alta, ultrapassava os dois metros. O cabelo ruivo e farto, mesmo com alguns fios grisalhos, ainda e sempre o marcava como "o Vermelho" (apelido reforçado por tanto sangue inimigo derramado por ele).

— Se eu quero comandar um navio igual meu pai comandou, ó grande Olaf, é com satisfação que digo sim. Mas gostaria de seguir outros caminhos, além das costas da Normandia e da terra dos anglos.

— O que o interessa então, jovem Bjarni? —O guerreiro empunhava um cálice de vinho e fez sinal para que uma das filhas servisse seu novo comandante.

— Groenlândia.

Além da Islândia, os *vikings* haviam recém-dominado a Groenlândia, fatia de terra gelada e inóspita, tão ou mais difícil de habitar do que a própria Noruega. Era uma conquista simples, nada que um jovem comandante de *drakkar* sonharia ter como missão. Olaf, o Vermelho, enrugou a testa. Uma expressão terrível. Estranhava o pedido do rapaz. Se podia fazer boas pilhagens na Inglaterra, se podia mesmo chegar à península Ibérica, onde novas aldeias eram saqueadas... por que se interessar por terra ainda mais gelada?, pensava o *viking*. Mas não fez perguntas. Devia muito a Leif como comandante. Aceitou o pedido de Bjarni.

O que a Groenlândia oferecia a Bjarni? Ele não dizia, e só nos seus pensamentos mais íntimos o jovem poderia se permitir dizer a verdade. A Groenlândia era mais a oeste... era o além, era o grande mar. Queria ir além do grande mar.

O *drakkar* deixou a Islândia, enfrentando águas muito agitadas, rumo à Groenlândia. Havia muita agitação entre os marinheiros, que temiam por seu chefe e pela estranha escolha de rota. Bjarni não estava fazendo o habitual caminho para chegar àquelas terras. Desviava o rumo, seguia por um estreito que se chamaria, no futuro, cabo de Farewell, mas que, pelos anos 1000, era apenas um caminho de águas inóspito.

Bjarni estava na proa, encarando a mesma paisagem conhecida: nuvens grossas seguiam velozes, feito ondas de gás espumando pelo céu. A agitação da água chacoalhava o navio. Ele mal conseguia perceber o horizonte entre tanta ondulação. Mas quando o via, a oeste, tão reto e escuro... podia talvez ver, como no seu sonho, a outra terra. Aquela, de mar verde e sol que dourava a pele de habitantes muito diferentes dos normandos. E se captava alguma crítica de seus homens, ou se sabia que enfrentaria desconfiança e temor, Bjarni tinha cada vez mais certeza. Era seu destino.

Além-água, além-último oceano, Bjarni teria de seguir. Era para acontecer, era o destino traçado por Odin.

Bjarni tinha de descobrir a América.

Clássicos Juvenis TRÊS POR TR3S

TRÊS VIAGENS

Viagens de Marco Polo, Marco Polo
A ilha do tesouro, Robert Louis Stevenson
Além do grande mar, Marcia Kupstas

SUPLEMENTO DE LEITURA

Neste volume, três histórias sobre temas e épocas diferentes têm em comum a aventura, a busca do desconhecido e o desejo que todo adolescente tem de conquistar seu espaço no mundo adulto. São três rituais de passagem.

A primeira história é uma adaptação dos relatos de viagem de Marco Polo pelas terras do Oriente. Escrito há mais de setecentos anos, *Viagens de Marco Polo* surpreende pelas habilidades de observação do narrador. As descrições são tão precisas que o leitor tem a impressão de estar viajando junto. Além disso, essa narrativa possibilita múltiplas leituras: é um diário de viagem, um relato antropológico, mas também há trechos repletos de pura fantasia. Em *A ilha do tesouro*, um dos maiores livros sobre piratas de todos os tempos, destaca-se o instigante relacionamento entre o garoto Jim Hawkins e o pirata John Silver. Nessa complexa amizade, repleta de ambiguidades, o bem e o mal não são nítidos: o pirata é vilão, mas também mentor e amigo. Em meio a um dilema, o jovem Jim terá que fazer uma escolha moral. Este será seu verdadeiro ritual de passagem, sua aventura interna: o livre-arbítrio. Na terceira história, *Além do grande mar*, o jovem *viking* Bjarni realiza seu sonho ao embarcar pela primeira vez em um navio. Mas ele não está interessado no poder, e sim em descobrir novos horizontes.

Atual Editora

POR DENTRO DOS TEXTOS

Enredos

1 As três histórias acontecem em épocas diferentes, mas possuem algumas características em comum. Quais são elas? Aponte trechos presentes em cada um dos textos nos quais se podem identificar tais características e os transcreva aqui.

2 Na história *Além do grande mar*, a autora descreve os costumes dos *vikings*, suas façanhas e lutas. O menino Bjarni ouve fascinado os mais velhos contarem suas aventuras, que muitas vezes mesclam realidade e fantasia. Em *A ilha do tesouro*, o garoto Jim Hawkins também escuta relatos exagerados dos piratas sobre emboscadas e tesouros. Marco Polo descreve igualmente paisagens e situações fantásticas. Escolha uma das histórias e leia para a turma um trecho em que há um acontecimento fantástico.

3 Em *A ilha do tesouro*, Jim Hawkins está envolvido plenamente na **ação** da história: ele luta contra piratas, em certos momentos comporta-se como espião e chega até a comandar um navio. Escolha um trecho da história em que a **ação** seja um elemento importante da narrativa e explique o que você levou em consideração nessa análise.

4 Em *Viagens de Marco Polo*, a **observação** do narrador e as descrições que ele faz das paisagens e dos costumes dos diversos povos são elementos predominantes, em detrimento da ação. Escolha e transcreva um trecho da história em que essas características estejam presentes.

5 Em *Viagens de Marco Polo*, muitas vezes o narrador demonstra certo "estranhamento" em relação à descrição que faz das pessoas. Várias expressões comprovam essa afirmação: "hábito curioso", "a nossos olhos europeus", "curioso costume", "uma curiosidade do local é que...". Transcreva um trecho da história em que se destaque tal estranhamento.

Focos narrativos

6 Uma história pode ser contada sob vários pontos de vista. Em *Viagens de Marco Polo*, o próprio Marco Polo é o responsável por narrar a viagem. Os verbos empregados no texto nos levam a perceber isso. Como Marco está viajando com seu pai e seu tio, muitas vezes ele usa os verbos na primeira pessoa do plural. Veja estes exemplos: "Passamos por regiões em que se adoram ídolos" (p. 23) e "Prosseguimos viagem em terras do Khan" (p. 24). Escreva aqui outro trecho de *Viagens de Marco Polo* que apresenta essa característica.

7 Em *Além do grande mar*, o narrador "está fora da história", ou seja, os fatos são narrados na terceira pessoa do singular. É o que se pode verificar neste trecho, entre outros: "Fazia muitas horas que o pequeno Bjarni olhava o mar. Via céu e mar com a mesma tonalidade escura, cinzenta" (p. 115).
Escreva aqui outro trecho cujo foco narrativo esteja na terceira pessoa.

8 Imagine que você é Bjarni. Reescreva o trecho acima com o foco narrativo na primeira pessoa do singular, ou seja, narrando os fatos sob o ponto de vista da personagem.

Tempos e espaços

9 As três histórias ocorrem em tempos históricos e espaços diferentes. Por exemplo, em *Além do grande mar*, o tempo se situa por volta do ano 1000 (século X) e o espaço consiste na Noruega, na Groenlândia e em outras ilhas dos mares gelados.

- Qual é o tempo e o espaço da história *Viagens de Marco Polo*?

- Qual é o tempo e o espaço da história *A ilha do tesouro*?

10 Toda história se passa em um tempo, mesmo quando o tempo é indeterminado, como acontece nos contos de fadas, em geral iniciados pela frase "Era uma vez, em um reino distante...".

Porém toda história também apresenta elementos **atemporais**. Isso significa que muitos acontecimentos narrados traduzem coragem, medo, alegria, amor, morte, injustiça — sentimentos e valores que existiram em todas as épocas. É isso que propicia nossa identificação com as personagens e as situações de uma história, não importa o tempo em que ela se passa.

A literatura propicia um encantamento peculiar para o leitor, que se identifica com personagens e fatos da história e também com situações, sentimentos e pessoas de seu cotidiano, mesmo que os acontecimentos apresentados sejam ficcionais ou tenham ocorrido em épocas muito distantes da nossa.

Procure no dicionário o significado da palavra **atemporal**. Depois, transcreva do livro um trecho que contenha tais aspectos. Escolha um excerto com o qual você se identifique, que o leve a pensar: "Puxa! Eu também já senti isso...", ou "Eu já vi uma paisagem, uma pessoa ou uma situação deste tipo...".

____

____

____

____

____

____

____

Personagens

11 Na apresentação da história *A ilha do tesouro*, Marcia Kupstas mostra que Long John Silver foi tão bem caracterizado por Robert Louis Stevenson que a personagem se tornou para leitores e não leitores o símbolo definitivo do pirata: perna amputada, papagaio no ombro, maneiras rudes e um jeito de conversar em que estão presentes muitas gírias. Transcreva um trecho da história em que se caracteriza John Silver.

12 Procure no dicionário o significado da palavra **contradição**. Um dos aspectos mais interessantes da personagem John Silver é a contradição de sua personalidade e como ela se reflete no seu relacionamento com Jim: ele é amigo do menino, ensina-lhe as tarefas rotineiras, as artimanhas dos piratas e conta-lhe inúmeras façanhas dos mares. Mas, ao mesmo tempo, ele é vilão, assassino, homem sem caráter. É capaz de enganar, mentir e roubar para atingir seu objetivo. É essa riqueza de contradições que faz John Silver ser uma personagem tão bem caracterizada. Afinal, todas as pessoas têm defeitos e qualidades — até mesmo os piratas!
Transcreva um trecho da história que identifica a contradição existente na personalidade de John Silver.

LINGUAGENS

13 A linguagem é um elemento muito importante na composição de uma personagem. Em *Além do grande mar*, o menino Bjarni é sonhador, curioso e tem espírito aventureiro. Extraia do texto um trecho que mostra a presença de tais características nas atitudes de Bjarni.

Clássicos Juvenis TRÊS POR TR3S

TRÊS VIAGENS

Viagens de Marco Polo, Marco Polo
A ilha do tesouro, Robert Louis Stevenson
Além do grande mar, Marcia Kupstas

SUPLEMENTO DE LEITURA

Neste volume, três histórias sobre temas e épocas diferentes têm em comum a aventura, a busca do desconhecido e o desejo que todo adolescente tem de conquistar seu espaço no mundo adulto. São três rituais de passagem.

A primeira história é uma adaptação dos relatos de viagem de Marco Polo pelas terras do Oriente. Escrito há mais de setecentos anos, *Viagens de Marco Polo* surpreende pelas habilidades de observação do narrador. As descrições são tão precisas que o leitor tem a impressão de estar viajando junto. Além disso, essa narrativa possibilita múltiplas leituras: é um diário de viagem, um relato antropológico, mas também há trechos repletos de pura fantasia. Em *A ilha do tesouro*, um dos maiores livros sobre piratas de todos os tempos, destaca-se o instigante relacionamento entre o garoto Jim Hawkins e o pirata John Silver. Nessa complexa amizade, repleta de ambiguidades, o bem e o mal não são nítidos: o pirata é vilão, mas também mentor e amigo. Em meio a um dilema, o jovem Jim terá que fazer uma escolha moral. Este será seu verdadeiro ritual de passagem, sua aventura interna: o livre-arbítrio. Na terceira história, *Além do grande mar*, o jovem *viking* Bjarni realiza seu sonho ao embarcar pela primeira vez em um navio. Mas ele não está interessado no poder, e sim em descobrir novos horizontes.

Atual Editora

POR DENTRO DOS TEXTOS

Enredos

1 As três histórias acontecem em épocas diferentes, mas possuem algumas características em comum. Quais são elas? Aponte trechos presentes em cada um dos textos nos quais se podem identificar tais características e os transcreva aqui.

2 Na história *Além do grande mar*, a autora descreve os costumes dos *vikings*, suas façanhas e lutas. O menino Bjarni ouve fascinado os mais velhos contarem suas aventuras, que muitas vezes mesclam realidade e fantasia. Em *A ilha do tesouro*, o garoto Jim Hawkins também escuta relatos exagerados dos piratas sobre emboscadas e tesouros. Marco Polo descreve igualmente paisagens e situações fantásticas. Escolha uma das histórias e leia para a turma um trecho em que há um acontecimento fantástico.

3 Em *A ilha do tesouro*, Jim Hawkins está envolvido plenamente na **ação** da história: ele luta contra piratas, em certos momentos comporta-se como espião e chega até a comandar um navio. Escolha um trecho da história em que a **ação** seja um elemento importante da narrativa e explique o que você levou em consideração nessa análise.

7 Em *Além do grande mar*, o narrador "está fora da história", ou seja, os fatos são narrados na terceira pessoa do singular. É o que se pode verificar neste trecho, entre outros: "Fazia muitas horas que o pequeno Bjarni olhava o mar. Via céu e mar com a mesma tonalidade escura, cinzenta" (p. 115).
Escreva aqui outro trecho cujo foco narrativo esteja na terceira pessoa.

8 Imagine que você é Bjarni. Reescreva o trecho acima com o foco narrativo na primeira pessoa do singular, ou seja, narrando os fatos sob o ponto de vista da personagem.

Tempos e espaços

9 As três histórias ocorrem em tempos históricos e espaços diferentes. Por exemplo, em *Além do grande mar*, o tempo se situa por volta do ano 1000 (século X) e o espaço consiste na Noruega, na Groenlândia e em outras ilhas dos mares gelados.

- Qual é o tempo e o espaço da história *Viagens de Marco Polo*?

- Qual é o tempo e o espaço da história *A ilha do tesouro*?

10 Toda história se passa em um tempo, mesmo quando o tempo é indeterminado, como acontece nos contos de fadas, em geral iniciados pela frase "Era uma vez, em um reino distante...".

PRODUÇÃO DE TEXTOS

14 Imagine que você está na expedição de Marco Polo escrevendo seu relato de viagem. Você desembarcou em uma cidade distante. Invente um nome para ela. Como é a paisagem do lugar? E os costumes dos habitantes? Pode acontecer algo surpreendente enquanto você passeia no local.

15 Na história *Além do grande mar*, mostra-se, em várias passagens, o desejo que o protagonista tem de navegar rumo ao desconhecido e descobrir terras distantes. Releia para a turma um dos trechos da história em que isso pode ser constatado. Depois, faça algumas perguntas: "Você também deseja se aventurar? Para onde? Qual seria sua missão?". Escreva um pequeno texto com o título "Minha aventura".

ATIVIDADES COMPLEMENTARES
(Sugestões para Língua Portuguesa e Geografia)

16 Veja o mapa das páginas 30 e 31, que mostra alguns locais por onde Marco Polo passou na viagem de ida até o Oriente. Agora procure em um atlas um mapa atual da mesma região. Quais as semelhanças e as diferenças entre eles?

4 Em *Viagens de Marco Polo*, a **observação** do narrador e as descrições que ele faz das paisagens e dos costumes dos diversos povos são elementos predominantes, em detrimento da ação. Escolha e transcreva um trecho da história em que essas características estejam presentes.

5 Em *Viagens de Marco Polo*, muitas vezes o narrador demonstra certo "estranhamento" em relação à descrição que faz das pessoas. Várias expressões comprovam essa afirmação: "hábito curioso", "a nossos olhos europeus", "curioso costume", "uma curiosidade do local é que...". Transcreva um trecho da história em que se destaque tal estranhamento.

Focos narrativos

6 Uma história pode ser contada sob vários pontos de vista. Em *Viagens de Marco Polo*, o próprio Marco Polo é o responsável por narrar a viagem. Os verbos empregados no texto nos levam a perceber isso. Como Marco está viajando com seu pai e seu tio, muitas vezes ele usa os verbos na primeira pessoa do plural. Veja estes exemplos: "Passamos por regiões em que se adoram ídolos" (p. 23) e "Prosseguimos viagem em terras do Khan" (p. 24). Escreva aqui outro trecho de *Viagens de Marco Polo* que apresenta essa característica.

Porém toda história também apresenta elementos **atemporais**. Isso significa que muitos acontecimentos narrados traduzem coragem, medo, alegria, amor, morte, injustiça — sentimentos e valores que existiram em todas as épocas. É isso que propicia nossa identificação com as personagens e as situações de uma história, não importa o tempo em que ela se passa. A literatura propicia um encantamento peculiar para o leitor, que se identifica com personagens e fatos da história e também com situações, sentimentos e pessoas de seu cotidiano, mesmo que os acontecimentos apresentados sejam ficcionais ou tenham ocorrido em épocas muito distantes da nossa.

Procure no dicionário o significado da palavra **atemporal**. Depois, transcreva do livro um trecho que contenha tais aspectos. Escolha um excerto com o qual você se identifique, que o leve a pensar: "Puxa! Eu também já senti isso...", ou "Eu já vi uma paisagem, uma pessoa ou uma situação deste tipo...".

____

____

____

____

____

____

____

Personagens

11 Na apresentação da história *A ilha do tesouro*, Marcia Kupstas mostra que Long John Silver foi tão bem caracterizado por Robert Louis Stevenson que a personagem se tornou para leitores e não leitores o símbolo definitivo do pirata: perna amputada, papagaio no ombro, maneiras rudes e um jeito de conversar em que estão presentes muitas gírias. Transcreva um trecho da história em que se caracteriza John Silver.

12 Procure no dicionário o significado da palavra **contradição**. Um dos aspectos mais interessantes da personagem John Silver é a contradição de sua personalidade e como ela se reflete no seu relacionamento com Jim: ele é amigo do menino, ensina-lhe as tarefas rotineiras, as artimanhas dos piratas e conta-lhe inúmeras façanhas dos mares. Mas, ao mesmo tempo, ele é vilão, assassino, homem sem caráter. É capaz de enganar, mentir e roubar para atingir seu objetivo. É essa riqueza de contradições que faz John Silver ser uma personagem tão bem caracterizada. Afinal, todas as pessoas têm defeitos e qualidades — até mesmo os piratas!
Transcreva um trecho da história que identifica a contradição existente na personalidade de John Silver.

LINGUAGENS

13 A linguagem é um elemento muito importante na composição de uma personagem. Em *Além do grande mar,* o menino Bjarni é sonhador, curioso e tem espírito aventureiro. Extraia do texto um trecho que mostra a presença de tais características nas atitudes de Bjarni.